ANNIE SAUMONT

Née à Cherbourg, Annie Saumont a passé son enfance et son adolescence près de Rouen. Elle part travailler à Paris et devient traductrice, notamment de J.D. Salinger, John Fowles et V. S. Naipaul. Depuis toujours, Annie Saumont se consacre à l'écriture. Avec plus de trois cents nouvelles réunies dans une vingtaine de recueils, Annie Saumont a reçu de nombreux prix, dont le Goncourt de la nouvelle pour *Quelquefois dans les cérémonies*, le grand prix de la nouvelle de la Société des gens de lettres pour *Je suis pas un camion*, le prix Renaissance de la nouvelle et le prix de la Nouvelle décerné par l'Académie française pour l'ensemble de son œuvre. Elle a notamment publié *La Rivière* (2008), *Autrefois, le mois dernier* (2009) et *Le Pont* (2012) aux éditions du Chemin de Fer. *Koman sa sécri émé ?* (2005), *Les Croissants du dimanche* (2008), *Encore une belle journée* (2010) *Le Tapis du salon* (2012) et *Un si beau parterre de pétunias* (2013) ont paru chez Julliard, son éditeur depuis dix-huit ans. Ses ouvrages singuliers et sensibles la placent parmi les plumes majeures de la littérature contemporaine.

LE TAPIS DU SALON

DU MÊME AUTEUR
CHEZ POCKET

UN SOIR, À LA MAISON
ENCORE UNE BELLE JOURNÉE
KOMAN SA SÉCRI ÉMÉ ?
LE TAPIS DU SALON

ANNIE SAUMONT

LE TAPIS DU SALON

JULLIARD

MIXTE
Papier issu de sources responsables
FSC® C003309

Pocket, une marque d'Univers Poche,
est un éditeur qui s'engage pour la préservation de son environnement et qui utilise du papier fabriqué à partir de bois provenant de forêts gérées de manière responsable.

ISBN 978-2-266-23403-0

Mais une tache d'encre sur le parquet
reste visible ne s'efface pas
Nous en parlons dans la pièce vide nos voix
résonnent entre les murs
Avec la tache près de la plinthe c'est
ce qui manque qu'on voit le plus.

FRANÇOIS DE CORNIÈRE

Apprivoise-moi

Le scarabée est dans le verre. Un gobelet à whisky. Vide. Le scarabée tente de grimper le long du verre. Puis retombe.

L'homme qui l'observe – on devrait dire l'homme qui le voit, ne semble pas le regarder mais simplement comme malgré lui enregistrer une image imposée à sa rétine – l'homme demeure un moment immobile. Le scarabée est sur le dos agitant les pattes.

L'homme d'un geste bref, peut-être machinal, introduit un doigt dans le verre, retourne l'insecte qui après un instant d'hésitation recommence ses efforts d'escalade.

Le téléphone sonne. L'homme laisse sonner. La sonnerie s'arrête puis reprend. Cette fois il décroche l'appareil, le haut-parleur est branché. Allô, c'est moi, dit la voix. Je t'ai déjà signalé, remarque l'homme, que t'annoncer par un *C'est moi* n'a pas de sens. Dans cette foutue ville cinq cent mille mecs pourraient dire, C'est moi. On n'en saurait pas plus.

Un soupir. Et puis, Tu n'as pas reconnu ton vieux Charley ?

Évite de prononcer ton nom, utilise le mot de passe. Un rire dans le haut-parleur. Accompagné d'un sifflement aigu. Et la voix, Si ça te plaît de jouer les agents secrets —

L'homme tapote, agacé, le bois de la console, Écoute, dans la situation où je me trouve —

Mais voyons, dit Charley (le haut-parleur grésille), où est le drame ? La petite est tranquille.

Elle va jouer cinq minutes, dit l'homme, et puis se mettre à bavasser. Pourquoi ci et pourquoi ça. On n'a pas de temps à perdre. T'as l'accord de ta meuf ?

Le haut-parleur ronfle, Elle a gueulé sévère. Elle n'est pas restée sans enfant pour s'embarrasser d'une chieuse.

C'est seulement deux ou trois jours. Au plus une semaine. Secoue-toi bon Dieu, braille l'homme, la gosse m'encombre. Il pose violemment le téléphone sur son socle.

Et la fillette, Comment tu t'appelles ?

Disons Jevo.

Le scarabée vacille sur la paroi du verre. Jevo se dirige vers le bar près du lavabo, tire à lui l'abattant, saisit un flacon ambré, le débouche et boit au goulot.

À l'hôtel du Port, chambre 37, ils sont deux, Jevo et l'enfant. La petite fille est rousse. Joli teint clair. Elle lève la tête de sur son puzzle : un tournoi dans la cour d'un château fort au Moyen Âge. Le Prince va sûrement gagner, ça se devine à la façon qu'il a de tenir l'épée. J'ai presque fini. Ben oui le puzzle. Donne-m'en un autre. Et comme Jevo ne bouge pas, Si tu n'en as plus je retourne à l'école. Aujourd'hui y a piscine au programme. Moi je sais nager. Et toi ?

Jevo dit, Tu causes tu causes. Je vais te nouer un foulard sur la bouche.

À l'école, dit l'enfant, Fatima l'Algérienne a un foulard mais pas sur la bouche, sur la tête. Même que

Tu me fatigues avec tes histoires.

À l'hôtel du Port, chambre 37, le scarabée est dans le verre. L'insecte perd l'équilibre. Jevo ouvre le mini-bar et en sort une autre bouteille. Il prend le verre, le renverse sur la table. Le scarabée est sur ses pattes. L'homme va au lavabo, rince le verre, l'emplit du liquide contenu dans le flacon. Sur l'étiquette est écrit *vodka.* Le scarabée est immobile au bord du napperon de la chambre 37.

La petite fille rousse a encastré la dernière pièce du tournoi, un bout d'étendard sur un fond de ciel bleu. Elle dit, Voilà. Maintenant j'ai faim. Jevo s'exclame, Tu exagères. T'as eu ce matin des corn-flakes, du lait et des tartines de miel. Y a longtemps, dit l'enfant. Jevo déclare que tout à l'heure il commandera quelque chose à manger. Une pizza. Pour le moment si tu t'emmerdes tu peux t'étendre sur le lit et dormir.

J'ai pas envie, dit l'enfant. Pourquoi je vais pas à l'école aujourd'hui ? Papa n'aime pas que je manque les cours. S'il savait que ce matin Malou m'a laissée partir toute seule il la gronderait. Elle dit encore, Tu m'aurais pas forcée à monter dans ta voiture si Malou, la fille au pair, était venue me conduire parce que Malou elle pète et sent mauvais.

L'enfant s'approche de Jevo, se frotte contre son bras, Moi je sens bon, pas vrai ? Je dors mais tu dors aussi, à côté de moi sur le canapé, d'accord ?

Jevo grogne, Dis pas de bêtises. J'attends qu'on me

téléphone. J'ai l'habitude, dans ma vie j'ai toujours attendu.

Tu attends quoi ? dit la petite, penchant son visage vers la face mal rasée.

J'attends, dit-il, qu'on me commande. J'obéirai. J'ai toujours obéi.

Même quand tu étais un enfant ? Elle rit, Moi je désobéis souvent. Faut faire juste comme on veut. Je t'apprendrai.

Jevo vient jusqu'à la penderie. Il demande, T'as jamais été enfermée dans un placard ?

La petite fille rousse ne paraît pas entendre. Elle disperse les éléments du puzzle et recommence l'assemblage d'un chevalier téméraire. Elle dit, Oublie pas que j'ai la dalle. Du pain beurré une tranche de jambon des tomates ça ira.

Jevo, dans la chambre d'hôtel, marche de la fenêtre au bar puis du bar au fauteuil et du fauteuil à la console. Sur la console le téléphone. Il soulève le combiné, le repose. La porte s'ouvre.

Le scarabée file sur l'étagère. Le scarabée bascule et tombe. Une grosse chaussure le manque de peu. Le pied dans la chaussure est celui de Charley.

Dix ans plus tard

La femme rousse se réveille, As-tu bien dormi ? Elle s'étire elle dit, Toi et moi c'est super. On restera longtemps ensemble. Jevo n'a rien répondu.

Elle dit encore, Bon tu réfléchiras. Elle rit, elle s'assoit au bord du lit, secoue la tête, ses cheveux sont des flammes.

Elle va jusqu'à la salle de bains. S'y enferme. Jevo se lève à son tour. Enfile son slip et son tee-shirt, se dirige vers la porte du couloir, puis entre dans la cuisine. Il sort du réfrigérateur le carton de jus d'orange et s'en sert une rasade.

Des cheveux comme les tiens, dit Jevo, quand le couple s'installe devant les bols où fume le café au lait, je n'en ai vu qu'une fois. Les cheveux d'une petite fille. Elle était avec moi dans la chambre. C'était le temps où je buvais terrible.

Elle était dans ta chambre ? Pourquoi ?

On me l'avait demandé. C'était comme — un baby-sitting.

Et ça s'est bien passé ?

Oui dit Jevo jusqu'à l'instant où elle a vu un scarabée sur l'étagère. Elle a fait une vraie comédie. Elle hurlait, j'ai dû me tirer, la laissant seule à l'hôtel. J'ai téléphoné aux parents, ils sont venus j'avais filé. Le ravisseur je l'ai cogné. Il s'est enfui à l'étranger.

Je me suis dit que j'allais vivre cool, les keufs ne m'ont pas soupçonné. J'ai repris mon ancien métier. Je t'ai trouvée.

Jevo (Jean-Yves à présent) pose une main maladroite sur les cheveux roux de la femme, c'est une caresse. La femme sourit, Il y a des petites filles qui sans le vouloir remettent un homme sur le bon chemin. Elle ajoute, dépliant sa serviette, Cet insecte elle en avait peur ?

Non, elle voulait l'apprivoiser.

Vacances

Charlotte. Ho, Charlotte. Quelle drôle d'idée d'avoir décidé de raconter ton rêve au petit déjeuner. On l'a jugé stupide. Ou plutôt tu as été stupide d'inventer cette histoire. À ton âge tu pourrais avoir un peu de dignité. Tu as toujours été gaffeuse, Mam' t'appelle sa douce naïve, tu ouvres des yeux étonnés. P'pa dit qu'ils sont beaux, tes yeux. Tu as râlé le jour où moi (Linda) j'ai déclaré que ton regard est pareil à celui de la Noireaude au pâturage chez les cousins de Bretagne. Ce matin tu étais joyeuse, tu n'en finissais pas de raconter ton rêve avec des mines gourmandes en plongeant ton couteau dans le beurre.

Si tu n'avais pas évoqué ce rêve rien que pour m'ennuyer, je n'aurais pas eu, moi (Linda), cette perfidie de placer bien en vue contre le vase aux pivoines l'enveloppe du cours de vacances contenant ton devoir de maths barré d'un *nul* à l'encre rouge. Je n'aurais pas sorti de ma poche le brouillon froissé de ta dissertation (dix-huit fautes d'orthographe), je n'aurais pas tourné vers toi un visage accusateur quand Tim et Kid ont découvert qu'il ne restait plus de marmelade d'oranges. Je t'en voulais à cause du rêve, tu avais passé une nuit délicieuse à danser avec Gregory. Tu disais, la bouche pleine, quel merveilleux matin. Soudain j'ai ressenti envers toi quelque chose comme de la haine. C'est que Greg est grand et beau, intelligent, spirituel. Tu insistais, Nous dansions à en perdre le souffle. Tu ajoutais. Greg danse très bien, il est tout en jambes et n'a rien dans la tête. Tu ne manques pas d'aplomb toi qui n'as pas lu Boris Vian, qui ne connais rien à l'art minimal, qui a cru jusqu'à lundi que l'anathème est une maladie, peut-être contagieuse, toi qui ne saurais où aller si on te demandait de photographier le Popocatépetl. Ça t'amuse de prendre cet air désabusé quand tu parles de Gregory. Linda (moi) voilà ce qu'elle dit.

Tu te figures que tu t'arrangeras pour rêver à ton gré tout ce que tu désires, ce rêve tu l'auras chaque nuit par miracle et pourquoi pas en vrai aussi. Méfie-toi, *You can't always get what you want, honey.*

Charlotte, ça ne te plairait pas que Greg se promène au long du rivage avec une autre que toi, la tenant par la main. Mais si tu as envie qu'on te tripote choisis un autre garçon, Greg déteste les filles obèses avec du poil sur les jambes. Il y a sûrement des types qui trouvent que des yeux de ruminant ça ne manque pas de charme, des mecs qui cherchent une fille aux vertus domestiques. Tu seras, ma Charlotte, celle qui connaît les points de tricot, est capable de recoudre un ourlet, de réussir une sauce béchamel. Tu valsais dans ton rêve. Puis tu t'es assise avec ton cavalier. Et il — Non, Gregory n'est pas le genre de gars qui te glissera des mots tendres à l'oreille, il va se lancer dans des discours interminables sur les quanta, la cosmologie et le structuralisme, c'est pas simple, ça t'ennuiera.

Si Greg lui parle de toi, ta sœur Linda (moi) considère qu'elle doit le prévenir qu'en dormant tu fais du bruit, je ne dirais pas que tu ronfles mais on entend un gargouillis c'est rapport à tes amygdales, depuis longtemps Mam' répète qu'elle aurait dû consulter un chirurgien, et aussi pour ton appendice, tu en as des choses en trop ma pauvre, trop de bourrelets trop de ventre parce que tu manges sans arrêt, tu ne vas pas encore te tailler des tartines. Mam' prétend que lorsqu'on s'assoit pour un repas en famille on ne doit pas s'impatienter si quelqu'un/quelqu'une s'attarde, ne pas plier sa serviette et filer, règle intangible, tout comme mâcher sans bruit et boire proprement. Mâche sans bruit, Charlotte, et (presto) avale. Tim et Kid s'agitent déjà et vont bientôt se chamailler ou se mettre aussi à raconter leurs rêves, on en aura pour des heures. Linda (moi) ne cesse de s'étonner. Comment on peut imaginer de telles histoires ? Linda (moi) ne rêve jamais. Ou si elle rêve c'est bien éveillée. Dans l'envers de ses paupières (à ce qu'elle dit) il y a la plage et la mer. Une plage déserte. Avec Greg. Au grand soleil. Journée parfaite, Greg dira, Viens, Linda, on se mouille. On courra éperdument on se jettera dans les vagues, le froid de l'eau est une brûlure. Greg et Linda enlacés s'en iront à la dérive, éperdus de bonheur.

Mais ce soir, aux lumières roses des vasques, Greg te fera danser, Charlotte. Ce n'est qu'imagination. Moi (Linda) je te vois, pauvre gourde, comme je t'ai vue cette nuit dans la chambre que je partage avec toi pour les vacances, souriant à tes songes, la joue contre l'oreiller taché de crème amincissante, tes cheveux noués dans un foulard, la bouche entrouverte. Tu grognes en plissant le front, incommodée par le surcroît de nourriture que tu as englouti au dîner.

Ce matin, tu beurres encore quelques biscottes. Tim et Kid s'excitent, ils se balancent sur leur chaise, Mam' proteste, Ils vont casser les barreaux. Tim annonce qu'ils ont rencontré hier madame Varnier, elle a demandé qu'on n'oublie pas ce soir la fête au casino, une fête de charité. Beaucoup d'argent récolté pour les pauvres. Kid ajoute, Je te l'avais dit, Charlotte. Ainsi tu savais mais tu t'es gardée de me prévenir. Pour ses bonnes œuvres la Varnier réclame la présence de Gregory, son neveu bien-aimé. Si c'est moi (Linda) qu'il invite tu seras en colère. Voyons Charlotte sois raisonnable, tu aurais tort de me reprocher cette conquête, tu finiras par séduire un garçon (abdominaux quotidiens, massage contre la cellulite). Il y en a d'autres que Greg, aussi beaux que Greg (ou presque). Lui, je ne te le laisserai pas. Charlotte, je te maudis en silence, ma main vient à mes lèvres pour que soudain mes lèvres ne prononcent pas d'injures. Mam' pâlirait, horrifiée, le journal de P'pa lui glisserait des genoux, Tim et Kid diraient encore que les filles (ces connasses) n'arrêtent pas de se disputer.

Le soir est venu. Charlotte, my dear — Je m'énerve, Tu as eu le temps de te préparer ! On va arriver en retard les convives auront liquidé les sandwichs. Tu te donnes du mal pour rien, même bien coiffée tu es encore presque aussi laide, drôlement fagotée dans cette robe vert pâle, un joli vert mais l'étoffe est trop tendue sur ton ventre et tes fesses, les coutures vont éclater lorsque tu danseras avec Greg. Tu as ménagé tes forces en t'allongeant l'après-midi dans le hamac du jardin, les yeux fermés sous deux compresses de camomille, c'est relaxant. La nuit dernière tu as rêvé que Greg te faisait danser. Ce soir c'est Linda qu'il attend. Tout le jour il a dit et redit mon nom en fredonnant. J'ai mis ma robe neuve et aussi mon collier. Viens, Charlotte. Mam' nous a dit de partir ensemble, à deux on ne craint pas les rôdeurs blottis derrière les buissons. Pourtant des filles qui vont au bal, quelle tentation — Dans la pénombre ça ne se voit guère ta peau grasse et ton double menton. Tu caches ton embonpoint sous une vaste tunique. En sandales dorées tes pieds sont plus alertes sur le chemin sableux qui descend vers la plage, Ho, presse-toi, Charlotte, dans les galas de bienfaisance en quelques minutes les petits-fours disparaissent.

La mer, toujours quand on la découvre au tournant du chemin c'est sublime, on oublie les ennuis, on sait que le monde est grand. Puis au-delà du jardin des Varnier, au-delà des lupins qui se referment on voit en bas de la colline le casino illuminé qui semble un gâteau en meringue. Arrête. Devant la porte tu as vu ? Greg. C'est Greg. Il a un costume en toile beige, un sweater à col roulé, il était comme ça dans ton sommeil ? Je dis, Écoute, puisque tu crois que les rêves annoncent ce qui doit arriver — j'ai décidé de t'aider, Gregory, je l'abandonne, va, cours, Charlotte. Tu hésites ? Saisissant mon bras, tu t'affoles, Dis-moi, je n'aurais pas un bouton sur le nez ? Tu exagères, Charlotte, toi la jolie Charlotte, tu demandes à Linda (moi) —

À Linda la grosse, l'épaisse, la bouffie, de te rassurer, ce n'est pas généreux. Je ne vois rien sur ton nez ou une légère rougeur (à peine). Devant le casino Greg montre quelque impatience, il se moque de ce que pourrait lui raconter Linda. L'énorme Linda courtes-pattes sera seule sur la plage. Il n'aime que les filles-gazelles, légères, gracieuses. Plus d'illusion.

Just what the truth is I can't say anymore. Bravo. Mon jeu, ça n'a pas si mal fonctionné. Toute la journée, j'ai été la fille dont la sœur est affreuse. Ça a raté tard dans l'après-midi, lorsque Mam' a soudain déclaré, versant à P'pa son porto habituel, que Charlotte est une vraie beauté. Charlotte idiote, Linda extra, non, ça ne colle pas. *Charlotte est une vraie beauté*, j'ai prétendu ne pas entendre, prenant soin d'éviter le miroir du salon. C'est vrai pourtant qu'elle a échoué au bac.

Maintenant je marche sur le sable humide, les sandales ne sont pas confortables, la semelle est mince et les talons trop fins. Je mens, j'invente, je me penche vers l'eau d'une flaque qui reflète mes mollets rebondis, mes cuisses boursouflées. J'essaie de me dire que je vais me noyer, que la mer montante rejettera sur le rivage une Ophélie diaphane.

Ce soir rien n'est encore trop difficile. Demain matin au petit déjeuner Charlotte racontera les heures éblouissantes qu'elle a vécues avec Greg. Je baisserai un regard bovin sur ma poitrine (immense) et pour me consoler je bâtirai un château en tartines. Le passage pour le monde à l'envers où je suis mince et souple s'est soudain refermé. *You can't always get what you want*. Je voulais Gregory. J'ai l'estomac tellement crispé tellement tordu, je vais vomir. Demain je maigrirai parce qu'un chagrin d'amour personne n'ignore que ça coupe l'appétit.

Charlotte, je n'ai plus envie d'aller au casino. Vas-y toute seule. Retrouver Greg.

Je marche vers la mer.

Jusqu'à la digue. Quand on fait de l'exercice il faut reprendre des forces. De la poche de ma tunique je sors un pain au chocolat.

Le tapis du salon

I

D'abord j'hésitais, tremblant. J'ai commencé par tourner autour, m'arrêtant devant la porte de la chambre, murmurant Sarie et puis Yole. Comme s'il me fallait quelques instants encore avant de me décider à partager mon enthousiasme. J'étais émerveillé. Je n'avais jamais vu de tapis. J'avais connu des planches rugueuses sous les pieds nus, des tommettes usées, je n'avais jamais joui du confort d'un tapis. Je n'osais pas m'aventurer sur la douceur de la laine. Mes godasses boueuses y feraient des marques.

Confort ? Tout bien réfléchi je n'étais pas certain que ça soit confortable. J'avais six ans. On ignore ce qui va vous arriver à cet âge. Dans quel piège on va tomber. On hésite on se demande, Et si le tapis livré était un tapis volant ? Il y avait une histoire que me contait Sarie les soirs où je ne pouvais m'endormir, un tapis se soulevant, abandonnant la Terre emportait une famille, la déposait très loin sur une autre planète. Des gens ordinaires. Qui avaient acheté le tapis avec leurs économies. L'ont déroulé dans le salon. Chez Yole et Sarie aucune pièce ne se nommait le salon. Un tapis peut se mettre partout. À condition qu'il ne soit pas trop grand.

Le tapis était beau. Donné à Sarie par son amoureux. Des teintes magnifiques. Pas trop vives mais profondes. Du bleu comme la mer. Avec des éclats d'orange. De l'ambre, de l'or, de l'amarante.

Mais ce tapis (volant ou pas) contenait une menace. Un tapis ça colle aux pieds, on ne sait plus s'en débarrasser. Je me voyais le traînant et ses renflements, ses vagues. Ça se replie entre les murs. Ça ne convient pas pour une maison modeste.

Je suis orphelin. Yole et Sarie m'élevaient de leur mieux. Elles étaient un peu mes cousines. Elles m'avaient secouru, charitables, pour m'éviter l'orphelinat. J'allais en classe. Je travaillais bien. J'étais silencieux, tranquille. Yole et Sarie causaient pour moi. Elles racontaient mes parents aux gens de l'usine qui les employaient, leur vie leur mort à tout le voisinage et comment après leur disparition je m'étais retrouvé seul.

À l'exception du maître d'école je ne parlais à personne. Les élèves me disaient fier ou imbécile. Taré, ils prétendaient.

Sarie avait dit merci. Pour le tapis. Sarie l'avait roulé contre la cloison. Puisqu'elle n'avait pas de salon. Elle disait que si un jour elle possédait un château — Et puis son ami ne m'a plus supporté. Un gosse qui épiait, jugeait, se taisait. Qui ne s'agitait follement que dans ses crises d'épilepsie. Malgré les médicaments que j'avalais pour me calmer ça faisait peur.

Son ami l'a quittée, s'est mis en ménage avec une autre.

Les jours passaient. Les semaines les mois. Des années. J'ai eu seize ans. Un maraîcher m'a proposé du travail. De huit heures du mat' à dix-sept heures. Le samedi aussi. Un samedi soir je suis revenu plus tard que d'habitude. J'avais fêté l'anniversaire de la fille du maraîcher. Je l'ai embrassée, sa joue était douce. Bientôt l'hiver. Il y avait du givre dans le petit jardin de Yole et de Sarie. Le paillasson était tout blanc. Je suis entré. Un long paquet encombrait la pièce. En sortait un pied cambré. Le pied de Yole. Lentement je me suis approché. J'ai vu des orteils bronzés – Sarie. La forme des corps. Recouverts par le tapis entouré d'une grosse lanière. Comme si on avait voulu, ces corps, les emporter mais que le temps avait manqué. J'ai dénoué la corde. Devant moi Yole et Sarie, leurs cadavres, pleins de sang.

Des malfrats sévissaient au village. On m'avait prévenu. Le facteur le matin même. L'épicière aussi. Je n'avais pas recommandé à mes cousines de fermer la grille à clé. (Il faudra. Je leur dirai. Ces choses que soudain on décide mais qu'on remet à plus tard. Oui, je leur dirai demain. Aujourd'hui c'est l'anniversaire de la fille du maraîcher.)

Je me suis assis sur le billot de bois devant la porte. Plus tard on m'a accusé mais j'étais apparemment demeuré chez mon patron toute la journée. La mort de Yole et de Sarie a été fixée par le médecin légiste au début de l'après-midi. Je ne savais plus. N'avais-je pas. Une crise d'épilepsie vous remue vous bouleverse et on oublie. Le maraîcher a trop mangé. Il s'est retiré pour la sieste. Sa fille en a profité, elle a dormi avec son fiancé. Elle a dit n'importe quoi afin de ne pas affronter la colère de son père. Elle a dit que je ne l'ai pas lâchée, pas une minute, qu'elle en avait assez de ma tronche. Elle l'a répété. Maintes fois. Des dizaines.

Je m'étais tapi dans un coin. Tapis, tant pis, tapissé, je n'ai pas pissé sur le tapis. Je n'ai pas tapissé le salon. Ni étalé un tapis sur le sol sali du salon. J'ai reculé. En tapinois. Tant pis. Tapis. Je n'ai pas.

Ou bien. J'ai.

Je m'assois toujours sur un billot de bois. Vingt-six ans. Trente-six. Quarante-six. J'en aurai cinquante-six l'année prochaine. Encore entre ces murs, encore sur le billot. À l'hôpital psychiatrique.

La fille du maraîcher est vieille. Elle est mariée depuis des âges. On dit qu'elle a beaucoup d'enfants.

Tapis. Tant pis. Je n'ai pas.

Je marmonne sans me lasser au long des heures et des jours et aussi la nuit dans mes rêves que je n'ai pas taché le tapis du salon.

Je te tiens par la main

Donne-moi la main petit frère.

Retrousse ta manche, je te tiens par le poignet. Bien fort. Je ne te lâcherai pas.

Ils marchent.

Maman suit. Elle demande, Pourquoi tu mets ton bras comme ça ? C'est rien, dit Rucko, je l'aide. Vraiment ? Tu l'aides ? Qui donc ? Rucko hésite, bafouille. Et maman, Bon, tu vas m'aider à trier les pommes.

Rucko aide. À porter des paquets, tirer l'eau du puits, arracher les orties du jardin. Même à ce qui n'est pas (c'est ce qu'on dit) un travail de garçon. Par exemple muni d'un chiffon s'attaquer à la poussière. D'une seule main, l'autre main n'est pas libre. Par chance, dit Rucko, je peux lui donner la main gauche, ça lui est égal. Et même il préfère. Il est droitier je suppose.

Mon petit frère. Ou mon grand frère. Je le tiens par la main.

Mamie appelle. Elle veut enrouler une pelote de laine. Rucko debout devant mamie enfilera ses bras dans l'écheveau. Sois cool frérot, je te reprends. Je promets, je te reprends la main. Il faut écouter mamie. Rien ne l'intéresse plus tellement. Ni ranger l'armoire, ni préparer une vinaigrette, ni raccourcir un pantalon, ni regarder la télé. Les écheveaux à changer en pelote ça l'occupe. Il y a déjà tout un placard rempli de boules de couleurs différentes, maman achète la laine en solde quand le magasin qui la vend n'a plus dans chaque teinte assez d'écheveaux pour tricoter un châle ou un vêtement.

Mamie geint, depuis que papy est mort personne ne lui tend les bras. Ou juste Rucko. C'est pour recevoir un écheveau.

Souvent je le soulève, mon bras, dit Rucko. Afin de te donner la main, frérot. Ma mère ça l'agace ce bras qui lui barre la route au marché, qui à la maison lui bloque son balai, m'empêche d'essuyer la vaisselle.

Chez le médecin elle a dit, Docteur, mon fils est dérangé. Elle s'est tournée vers Rucko. Montre au docteur tes manigances.

Rucko paraît embarrassé. Et voilà sans qu'il le commande que son bras gauche s'active, la main s'ouvre, les doigts caressent.

L'homme en blouse blanche a dit, C'est une habitude ? La mère a hoché plusieurs fois la tête.

L'homme a interrogé Rucko, n'en finissait pas. En résumé c'était, Pourquoi tu fais ça ? Rucko n'a pas répondu. Le médecin a insisté. Rucko a courbé le dos, son bras est retombé.

L'homme a conclu, Ce garçon a des TOC.

Maman n'a pas saisi de quoi il s'agissait. Voilà ce qui leur arrive, aux mères, elles se figurent qu'à l'école où elles sont allées sans grimace, amassant les bonnes notes, passant le brevet, elles ont appris les choses de la vie. Mais elles ignorent ce que c'est que les TOC. Peut-être qu'un père aurait su.

Les TOC, Rucko a cherché ce que ça signifie. « *Troubles obsessionnels compulsifs* », Rucko l'a vu dans un livre plutôt drôle au CDI du collège qui a pour titre *La Psycho pour les nuls*. Le médecin a dit, Hum, prenez rendez-vous à l'accueil.

Le frère a besoin de Rucko et Rucko assure qu'il l'aidera quand l'écheveau sera une pelote. Il lève les bras, l'écheveau est en place, mamie dévide. Parlant tout bas il dit, Sois patient ça durera cinq minutes. Mais enfin qu'est-ce qu'il a, Rucko, si on en croit le médecin, a questionné grand-mère. Et maman, Ce sont des TOC. Mamie a haussé les épaules (aïe, mon arthrose), elle a dit, Toqué, oh non. Il a de l'imagination.

Il s'appelle Rucko, c'est rude. Pourquoi on l'aurait pas nommé Gabriel ou Bien-Aimé ? Ou Michel-Ange. Michel-Ange ça lui plairait. Autrefois un Michel-Ange a vécu dans un pays étranger, c'était un peintre, on l'a dit au collège. A peint trois cents personnages sous la voûte d'une chapelle (Sixtine, le prof l'a écrit au tableau). C'était un sculpteur aussi. Ça valait de lâcher la main du frangin, sortir le cahier de brouillon et copier ce que l'artiste a déclaré, *J'ai vu un ange dans le marbre et j'ai insisté jusqu'à le libérer.* En italien. Le prof a traduit.

Avec un prénom plus doux Rucko aurait eu moins de tracas pour bien se conduire. Mais il ne se conduit pas mal dans l'ensemble. Il aide.

Rucko, les doigts refermés sur du rien. Arrête tes façons, crie sa mère, tu es exaspérant.

Un matin Rucko (et son frère) étaient dans la cuisine, maman restée dans sa chambre. Elle avait salement mal au ventre. Le lait a débordé. Les tartines ont cramé. Rucko a dit à maman (toujours dans son lit), Je t'apporte un café. Ça n'était pas facile parce que de la main gauche il tenait une autre main. Il a renversé du café sur l'oreiller. Maman a protesté, Tu es trop maladroit, Prépare-toi pour l'école. N'oublie pas tes crayons.

Quand l'ambulance a démarré emmenant maman à l'hôpital le jour suivant, un dimanche (et Rucko l'a accompagnée, elle disait qu'elle n'aimait pas le laisser seul à la maison), le chirurgien a décidé, Rucko, je vais soigner ta mère. Ce n'est pas très grave mais la convalescence risque d'être longue. L'assistante sociale après avoir réfléchi a proposé, Tu peux aller chez ta mamie. Tu as bientôt douze ans, tu seras raisonnable, tu l'aideras. Rucko est d'accord pour aider mamie, mais le frère, qu'est-ce qu'il en fera ?

À sa grand-mère Rucko avoue ce frère qui n'est plus capable de trouver son chemin dans le monde des frérots invisibles, le souci qu'en a Rucko depuis le jour déjà lointain où il a senti ses doigts qui ont touché les siens. Il s'embrouille, Le docteur dit que ça m'a fait toc.

Et soudain mamie a parlé de l'autre petit garçon que la mère de Rucko a eu autrefois, c'était la guerre, le fils d'un réfugié. Elle était toute jeune, ta mère. Il est arrivé au père un accident dans la montagne. Le sol s'est ouvert, un éboulement, le père est tombé dans le gouffre. Il est mort. Babe est né trois semaines plus tard.

Et moi ? dit Rucko.

Toi tu es de son deuxième mari. Une aventure, un coup de folie. Ton père l'a quittée, elle s'en moquait. C'était le premier qu'elle aimait. Donc elle a aimé Babe. Il a vécu presque un an et puis — il est parti. Au ciel. Envolé, dit mamie.

Et moi ? dit Rucko.

Elle t'a aimé à sa place.

Rucko hésite et annonce, Je le tiens, je le protège. Mais je suis Rucko, tu vois. Je suis Rucko, c'est sûr.

Maman est à l'hôpital. Elle répète des choses qui sont comme un délire. Elle dit, Mon Babe

Babe, mon chéri, dit maman. Babe, on va se revoir. Bientôt.

Rucko salive, il avale. C'est difficile à prononcer, les mots. Tenant la main de Babe il les prononce. Il le dit, dans la chambre blanche, très fort pour que maman l'entende.

Il l'a dit (sa gorge est serrée). Il l'a dit levant le bras droit, touchant la main de maman. Il a dit, Bon — ton Babe, c'est moi.

Alors elle a (un peu) souri.

Falaises

Chaque jour il allait se baigner. Il prenait le sentier des douaniers dans le soleil ou la brume. Il sifflotait, léger, portant sous le blue-jean et le caban de toile un slip de bain rouge et une chemise jaune. Ou un slip fauve, un tee-shirt bariolé. Ou encore — Mais qu'importe. Au bout du chemin il montait parmi les rochers, grimpait entre deux blocs de granit couverts de mousse.

Les falaises. Il avait coutume de plonger des falaises à l'heure où la mer était haute. Il lisait les heures de marée sur le tableau des pêcheries. Son métier ? Surveillant des côtes. Occasionnellement, poète.

Ce matin-là. Il avait vu dans le journal l'annonce d'un concours de poésie. Concours national. Premier prix : le tour du monde. En un mois. Avec des arrêts fréquents au bord de l'eau. Au bord d'un fleuve ou d'une rivière. Au bord d'une énorme piscine dans un hôtel luxueux à 3 000 euros la chambre. Mais surtout au bord de la mer. C'était le Printemps des Poètes, organisé par les villes maritimes. Les villes où gronde la tourmente.

LE VENT. Le sujet du poème. Parce que le vent

battait les côtes de ce pays. Il en avait déjà une première strophe.

Vent égrenant les lavandes
Lavandières au vent vivant
Vent derrière et vent devant
Filles marchant sur la lande
Je voudrais revivre un avant

Refrain d'un poème qui serait une chanson :

Vent droit vent de revers
Vendôme et Vancouver
Ventre-saint-gris diable vauvert
Tu as mis ton pull à l'envers

Il habitait une maisonnette à la limite des sables. Seul. Il aimait la mer le vent la poésie. Dans cette région la bourrasque est sauvage. Dès le mois d'avril il se baignait chaque jour. Après le bain un souffle inouï lui tenait lieu de serviette et le fouettait jusqu'à le rendre sec. Le rendre heureux.

Entre bise et brise. Le vent. Parfois doux, enjôleur. Et soudain rugissant.

Fille au jupon que vent soulève
Corps allégé rire incertain
Femmes courant vers leur destin
Comme pouliches sur la grève
Je voudrais revivre un matin

Il arpentait les falaises. Il surveillait. Obscur métier. Il surveillait les sables blancs où les détritus s'amoncellent, où on vient se débarrasser d'un vélo mangé par la rouille, d'une valise éclatée, d'une antique machine à laver. Il signalait la pollution, le désordre. Mais là-haut il avait fière allure, le port la dignité d'un roi. Les plages battues d'une féroce haleine restaient pour la plupart désertes. Les rares promeneurs suffoquaient, Quelques gamins courant vers la mer se laissaient choir sur le sable, épuisés. Il devait donner de la trompe pour leur enjoindre de reprendre leur course et se mettre à l'abri. Le vent tombait.

Petits enfants que vent caresse
Nimbés de rêve et de gaieté
Pour que soit ce qui a été
Pour la douceur et la tendresse
Je voudrais revivre un été

Le refrain. Semblable.
Ou presque.

Vent droit vent de revers
Vendôme et Vancouver
Ventre-saint-gris diable vauvert
Tu as mis ton pull à l'envers

Le vent de son poème devient zéphyr. Il compte les syllabes sur ses doigts. Personne dans les falaises. Parfois il y rencontre un autre surveillant. Les deux échangent un salut amical. L'un a une corne, l'autre un sifflet.

Vêtu de couleurs vives il a l'air d'un pantin. Dans un sac il emporte des feuilles de papier vierge. Là-bas en sa maison, sur l'étagère, Ronsard Rimbaud Verlaine Michaux Apollinaire, Fournel, Juliet, de Cornière. Ses poètes.

Fleurs à l'aube du jour écloses
Qui se referment dans le noir
Alanguies d'un furtif espoir

Vivant ce que vivent les roses
Je voudrais revivre un soir

Il chante.

Chante à pleine voix. Il ne veut pas savoir si Vendôme est proche. Ou Vancouver.

Âtre qui soudain s'illumine
Humble langage à cœur ouvert
Ne le prenez pas de travers
Mais jugez plutôt sur la mine
Je voudrais revivre un hiver

Vent droit vent de revers
Vendôme et Vancouver
Ventre-saint-gris diable vauvert
Tu as mis ton pull à l'envers

Il a passé une journée à composer son poème.

C'est le printemps.

Il a dormi sur la falaise. Se réveille. Barre un mot sur la page. Hésite. Ne sait plus quand ne sait plus où ne sait plus ce qu'il a écrit.

Ne sait plus l'heure.

Il plonge étourdiment. Mais un plongeon superbe.

Il est en bas, immobile, vautré sur le sable blanc, brisé, disloqué, vaincu. Son blue-jean, sa veste, sa chemise jaune (tee-shirt fauve ?) restés sur la falaise.

L'eau est loin, juste un trait bleu.

La mer est basse.

À la maison

Miranda Lemare
Classe de 6e

Lundi

M comme mur. Les murs autour de papa. Les murs autour de son lit. Et autour les murs encore. Très hauts. Très crades.

A comme araignée, y en a sûrement des tonnes là où il est. Mon père les craint pas, ces bêtes. Avant, quand il était un papa comme les autres qui vous expliquait les choses, il disait que les araignées sont des animaux pas méchants. Pas dangereux. Pour l'espèce humaine.

I comme île. Maman avait projeté qu'avec l'argent du RMI on irait passer quelques jours sur une île. Pendant l'été. Le prochain ou un autre plus tard. Mais pas trop tard, je serais encore — c'était certain — une petite fille. Elle me racontait des histoires qui faisaient la vie en rose. Le sable et un marchand de gaufres. La mer.

S comme sursis. Un mot nouveau. On apprend pas ça au CP. Ni au CM1. Si papa avait eu un sursis il serait resté chez nous. C'est-à-dire qu'on aurait gardé le F2 trop minus – ça pouvait aller en se tassant un peu. On se retrouverait pas le soir dans une cantine sur des chaises pliantes qu'il faut ranger après, mangeant la soupe aux poireaux que je déteste – maman dit, C'est bon pour la santé – du steak haché pas assez cuit, et se couchant au dortoir auprès de femmes qu'on n'a jamais rencontrées jusqu'ici. À croire qu'elles n'existent pas de la journée et surgissent en cauchemar à la tombée de la nuit, inspectent les lits, marmonnent, J'étais avant toi, la môme, et foncent sur les matelas les moins aplatis.

O comme oh là j'ai mal, ce que je dis, enfilant les chaussures de mon frère qu'il a portées tout l'hiver. Il tapait dans un ballon ça les a déformées. J'ai le gros orteil qui frotte.

N comme non.

Mardi

M comme mais ou et donc or ni car. En classe la prof a parlé de grammaire. Puis elle a dit, Maintenant leçon d'hygiène. Se laver est indispensable. Changer de slip quotidiennement. Difficile quand on n'a pas de chez-soi. Lorsqu'on s'est plus ou moins installée au foyer et que ces femmes inconnues ont renversé leur sac sur le carrelage et braillent en chœur qu'on leur laisse savonner le petit linge. Elles se battraient en sauvages afin d'être premières au lavabo. Après on met à sécher sur les cordes et ça goutte. Le bordel.

A comme, Arrête (elles disent). Tu es dans nos jambes. Quand je voudrais regarder si ça goutte plus parce que je glisserais les chaussettes sous l'oreiller, le lendemain c'est presque sec.

I comme irrésistible. Comme une envie de faire pipi. L'envie d'un toit à nous sur nos têtes. Pour pas en demander trop, l'envie d'un toit qu'on partagerait avec d'autres locataires mais pas avec toute cette foule. Ces femmes qui n'ont pas d'adresse. Demain y en aura d'autres *idem*. C'est chiant.

S comme si seulement on était encore au CM2. À présent au collège on peut plus jouer à la fille ignorant qu'elle a une vie pas normale. En expression écrite notre professeur a donné pour sujet *Une soirée en famille.* Depuis le temps qu'on est dans la rue à chercher où s'abriter, à coucher ici et là – quand on a déniché une place (provisoire) l'une chez la marraine l'autre chez le copain et que maman a offert ses services à ses anciens « meilleurs amis » pour bercer le petit dernier pendant qu'ils vont au ciné – on voit plus comment ça se passerait d'être ensemble à la maison.

O n voit plus. On oublie, même. Et on dit :

N on

Mercredi

J'ai griffonné « maison » en lettres majuscules à gauche de la page c'est comme un jeu. Mon grand frère m'a dit qu'on est des SDF mais ça signifie pas qu'il faudrait qu'on la ferme. Alors voilà, il y a deux fois MAISON, je vais en ajouter une troisième. Demain je rendrai ce brouillon qu'on devait rédiger en perm et recopier *à la maison*. Le prof m'expédiera chez l'assistante sociale ou au bureau du directeur et lui – sait-on jamais – tout à coup va déclarer que la baraque à côté des cuisines est-ce que ça nous dépannerait, ou le vieux vestiaire du gymnase ?

Non. Le directeur s'en fout, il a d'autres projets pour l'occupation de ces locaux puants. Il nous signalera à la mairie, une mère au chômage, deux ados râleurs, on traînera dans un dossier de plus. Pourtant j'écris MAISON une fois encore. C'est mercredi. J'irai pas au bout de la semaine, le prof a dit que cent lignes ça suffit.

M arie (c'est-à-dire la Sainte Vierge)
A h s'il te plaît (merci)
I nvente un miracle
S pécial. Que Dieu qui a fait le ciel et la terre et le terrain pour construire
O rdonne aux HLM de se grouiller (merci) afin de
N ous reloger (même dans quinze mètres carrés). Parce que sinon —

(Sinon quoi ?)

Amen

Et ne va pas te promener
sous la pluie sans ton K-way

Le soir, Avel, n'oublie pas tes prières. Écris à tes grands-parents. Pense à ta petite sœur, rapporte-lui des bonbons.

Me soûlent. Toujours des recommandations, Quel bonheur de les quitter. Pas pour longtemps, c'est d'accord. Après faudra revenir. Mais on sera tout frais tout neuf.

Mon père a l'air fatigué. Ma mère ressemble à une mémé. Elle a jamais eu de jeunesse avec son frère alcoolo. Elle le promenait dans un fauteuil roulant. Elle lui posait des multiplications pour s'assurer qu'il ne perdait pas les pédales. C'est la cata comme famille. Je m'en vais. C'est pas sûr que je reviendrai.

Méfie-toi des inconnus, Avel. Ne leur montre pas ton argent. Sois prudent sois raisonnable. Te couche pas trop tard, on a besoin de sommeil à ton âge. Évite de manger des navets.

M'emmerdent. Parce qu'un jour j'ai eu un malaise à cause d'un gros plat de raves. Ça nageait dans une sauce brune. J'ai vomi. On a parlé d'une intoxication, ma mère a demandé le médecin.

Le type m'a dit que j'étais trop maigre, que je devais me remplumer (avec la graisse des navets, sans doute). Ils sont tous fous.

Au revoir. Ma mère elle dit Adieu, c'est l'usage dans le Sud. Ça veut rien signifier. Non, ça veut pas dire qu'on se retrouvera vite fait devant le Seigneur.

Le car va démarrer. Je m'assois à côté d'un môme, en face d'une fille qu'il appelle Tante, qui est toute jeune. J'ai mis mon sac à dos dans l'espace aux bagages. Je me retourne et je vois encore mon père (triste et sec), j'ai envie de l'emmener, Tu viens ? Mais qu'est-ce que penseraient les patrons de Julien si j'arrivais avec mon dab ? Peut-être qu'ils lui offriraient de l'employer dans leur jardin, ramasser les feuilles mortes, tondre la pelouse et tout ça, construire une cabane pour les outils ou un W-C de secours. Mon père qui a été autrefois président-directeur général d'une EPE (j'ai jamais su ce que ça désignait j'étais môme). Mon père qui est lugubre. Ma mère qui ronchonne. Ma petite sœur qui

Non, ma petite sœur je peux rien dire contre elle. Elle est extra. Elle est trop bien.

Le car prend de la vitesse, je les vois plus, ils sont sortis de ma vie. Je vais chez Julien. C'est un copain. Julien me propose un job pas mal. Il m'a dit, Je t'expliquerai. Après, tu réfléchiras. Hier soir j'ai fêté mon départ avec les gars du village. Je veux dormir, la tête me tourne. C'est la bière. La Heineken. Je bâille.

Je me réveille dans un grand vacarme. Une grande douleur aussi. Le car a basculé au bord d'un fossé. Il n'y a plus de voyageurs. Plus de garçon et sa tante, de paysans, de ménagères se rendant au marché, plus d'ouvriers du barrage, plus de chauffeur et son collègue.

Tous disparus.

Je m'extrais d'un fatras de sièges. Brisés. Arrachés.

Ma jambe droite me pèse, pourtant je tiens debout. Rien de cassé. Juste l'émotion je titube. Le car n'est plus qu'un amas de ferraille. Je passe sous des morceaux de tôle. J'atteins lentement la route. Mais la route n'est plus une route. Les débris du car, le moteur, les portes font un tas impressionnant entouré par le vide.

Je divague. Je vois ma sœur. Laura. Je rentre du lycée. Elle m'attend. Elle a mis sur la table un gâteau. Elle est allée l'acheter au Franprix du coin de la rue, c'est une prouesse, elle est un peu — demeurée. Maman l'encourage à s'occuper utilement. Maman lui refile un billet de cinq euros. Parfois elle perd la monnaie. Maman dit, Fouille dans tes poches, elle pleure. Laura pleure et maman aussi. Il faut donner à Laura des responsabilités, le docteur l'a dit. Maman ne pleure pas pour l'argent mais pleure à cause de Laura, notre Laura sera toujours comme ça, pas autonome. Quand elle n'aura plus sa mère elle ira dans une institution. À moins que

Là j'interviens. Je ne l'abandonnerai pas. C'est pourquoi j'ai résolu de me pointer chez Julien et d'y apprendre un métier pendant que mes parents sont encore vivants.

Et pourquoi aussi je suis devant cette fosse. Qui doit être d'une dizaine de mètres. Je vais descendre et remonter.

Laura. Je l'embrasse. Ses lèvres sont douces. Je la serre contre moi. Elle dit, Tu me fais mal. Puis, Tu me fais du bien. Non. Elle dit pas, elle sourit. Elle dit rien.

Elle a mis sur la table un moelleux aux fraises. Elle a eu de la peine à le rapporter sans dommage. Juste un peu écrasé sur les bords. Elle suce ses doigts. Elle n'a pas perdu la monnaie. Je lui dis merci à mi-voix.

Je ne sais plus où est le haut où est le bas. Je vais descendre. Et remonter.

J'ignore ce qu'ils sont devenus. Les autres. Les pompiers les auront emportés. Ils sont à l'hôpital ou à la morgue. Je cherche Laura.

Au goûter elle va me présenter un mille-feuille. Avec (peut-être) une crème fouettée. Non. Elle la renverserait. Elle est très maladroite. C'est normal quand on est pas normale.

Je descends et je remonte. Laura va chaque jour à l'école, rue du Faubourg, une classe pour handicapés. Elle a des cheveux blonds super. Quand il pleut elle ne croit pas que je dois m'abriter. Elle dit que la pluie c'est bon, ça désaltère. Elle est en robe légère, toute trempée, contente. Ma fée.

Laura.

Je descends.

Je me réveille sur le brancard. Des pompiers. Ou du Samu. On me dit, Bouge pas. On me dit, Tais-toi, respire. T'as froid ? Tu auras une couverture dès qu'on sera dans le camion. J'ai mal. Laura, ma chérie, viens.

Laura est venue. Elle m'apporte un délice aux amandes. Elle dit qu'elle est allée l'acheter à Auchan. Ou chez Carrefour. Elle rit, elle me caresse, elle chatouille mon pied déchaussé, me cajole. Dans sa main ma bite. Elle joue avec ma bite comme avec un oiseau. Le désir me tue. Elle ne sait pas. Ne comprend pas. Est vierge et pure. Ma Laura.

La tenir. Relever sa robe. M'enfoncer en elle. Une fille ordinaire. C'est ce que je voudrais.

J'entends la voix cassée, usée, *Tu emporteras ton K-way.*

Laura. Personne d'autre ne la touchera. Je m'accroche au brancard je la presse sur ma poitrine. Nous passons rue du Faubourg. Et là dans l'encoignure, près de son école pour enfants pas comme les autres, les pompiers me déchargent.

J'ai fui. C'est à cause de. Pas de mes parents qui sont comme tous les parents. Ignares. Je suis parti à cause de Laura. Un accident est arrivé. Je suis descendu puis remonté. Non. J'ai attendu les sauveteurs, un médoc une piqûre, et j'ai rêvé de Laura.

Je voudrais que ce ne soit qu'un songe. Un merveilleux cauchemar. Je voudrais ne pas l'avoir aimée. Elle parlait elle parlait, elle refusait de dire, *Ne mange pas de navets. Emporte ton K-way.*

Les médecins vont me soigner. Peut-être. Je suis étendu sur un lit d'hôpital. Je ne veux pas que Laura vienne. Elle m'apporterait des gâteaux.

Je voudrais. Qu'on soit encore petits. Elle et moi. Laura serait une sale menteuse. Qui jouerait à la fille déjantée, qui aurait toujours fait comme si.

Parce que, la veille de mon départ, comme je la tenais dans mes bras, elle a dit — Elle n'a rien dit.

Mais le docteur a murmuré, Ce garçon — Il se figure — Il ne vit que de fantasmes.

Je voudrais que tout recommence. Je voudrais que tout soit comme avant.

On aurait bien aimé réciter un poème

On aimerait. S'entendre. Que les autres écoutent mais ils écouteront pas. Que le prof hoche la tête l'air satisfait. D'accord, être premier ici c'est pas le but, les notes y en a plus des masses. Le rapport du conseil de classe dit que la compétition encourage l'agressivité. Déjà que les agressifs manquent pas au collège, des qui pensent qu'à la bagarre. Donc la règle est que chacun doit faire de son mieux sans se comparer aux caïds ou aux nuls, sans attendre de récompense. Tout de même ce serait chouette si le prof il disait, Bravo. Pour la diction. Qu'on n'a rien oublié, qu'on a bien mis le ton. Puisqu'on veut un jour être comédien.

On veut seulement depuis hier. Avant on voulait être pilote de formule 1. Encore avant on se voyait gendarme.

Pour le métier de comédien les poèmes à dire c'est un bon entraînement. Aujourd'hui on n'a pas la forme, on s'est esquinté la voix en criant des, Vas-y, aux mecs du Grand Prix. Qu'est en direct à la télé. Aurait mieux valu se ménager. Comme les acteurs, les chanteurs. Mais eux, la F1, probable qu'ils s'en tamponnent.

Y a des gens qui supportent pas. Le Grand Prix. M'man elle dit, Explique-moi quel plaisir ça donne, tourner en rond à fond la caisse. C'est pas rond elle y connaît rien.

Heurter les rails de sécurité au risque de se démolir elle dit que c'est débile, elle dit, C'est bête, c'est dangereux. Elle a pas tort, les bagnoles des fois ça s'écrase.

Il livre au hasard sombre une rude bataille. Le favori de formule 1 quand il fonce voilà ce qu'il éprouve. Il livre une bataille aux adversaires mais aussi au hasard. Parfois sombre. Génial ce poème. Qu'on doit réciter. Un bout de poème. Vingt lignes au choix. Vingt lignes à savoir par cœur. Maintenant la récitation s'appelle exercice d'expression orale et de mémorisation.

Le prof a dit, Ça vous fera découvrir un de nos grands auteurs. Du dix-neuvième. Pas arrondissement. Siècle. On a cherché dans le dictionnaire, il vivait dans les temps anciens, les temps sans F1. Peut-être sans voitures ordinaires. Le dimanche les gens se promenaient hors des villes, à pied ou en carriole. Y avait plein de campagne à l'époque. Avec dessus la couche d'ozone épaisse comme un gros édredon.

Les autres de 4e A prétendent que le prof et ses poèmes à la con ils les emmerdent. Il est pas prof pour de vrai, pas encore, il est stagiaire. Depuis qu'il vient au collège y a toujours un gigachahut dans la classe c'est le monstrebordel, les gars sifflent et gueulent, les filles elles disjonctent. Elles parlent de Britney Spears (impec, t'es d'ac ? Ouais — Des fois Liane Eloy est plus flashante). Top niveau leur converse. Celui qui a eu un problème dans la course, des fractures en pas mal d'endroits et a déjà annoncé avec une ardeur exemplaire (c'est écrit dans *L'Équipe*) qu'aussitôt guéri il reprendra sa place sur la grille de départ elles s'en balancent.

Dans la soirée après que vous fûtes parti. Le prof a signalé la forme verbale tombée en désuétude. (*De* : préfixe privatif, et *suetudo* : habitude.) On a consulté le dico. En douce parce que les 4e A s'ils avaient vu ils auraient dit qu'on est suceur. Ils auraient filé le message aux 4e B et on n'aurait pas fini d'en baver. C'est pas des potes mais des chacals. Personne a écouté le prof quand il a déclaré que les académiciens le disent encore. *Fûtes*. En 4e, personne connaît l'Académie française ni le nom de celui qui l'a inventée. Tout le monde s'en fout. Le prof a dit, Bande de

Il remplace l'ancien qu'est en déprime because les mecs de 3e avec leur trafic de crack et leur racket. Les parents d'élèves ont trouvé que c'était sa faute, à l'autre prof qui n'avait qu'à. Ben oui, les empêcher. Le stagiaire est petit et racho. L'année dernière il allait encore à la fac. Pour justement apprendre à être prof. Apprendre à enseigner des choses même si les élèves s'en tapent. La géo, les poèmes. Il a rien appris sur comment arrêter les ricanements et les magouilles. Y aura bien une fille qui le plaindra, dira de pas être trop vache. Qu'à sa place elle craindrait. Toujours un gars pour répondre que c'est lui qui l'a voulue, sa place, qu'il pouvait choisir son métier, travailler dans un port comme docker, ha ha ce poids plume. En aurait chié. Ce qu'ils disent, les mecs. On pense que le prof stagiaire est mieux là que sur le quai dans *le vent qui rugit comme un soufflet de forge* à décharger la cargaison pour une compagnie maritime ou bien sur les flots amers *qui gouverne à lui seul sa barque à quatre voiles* pareil au bonhomme du poème qu'on sait déjà plus qu'à moitié. Ils vous appelleront bouffon mais c'est nul d'entrer au collège et de rouiller sur sa chaise.

Les loubards de 4e ça leur arrive pas souvent d'être humains.

L'homme est en mer. Depuis l'enfance matelot il livre au hasard sombre une rude bataille. Pas exactement comme en formule 1. S'agit d'un pêcheur dans sa barque et sa femme reste à la maison avec cinq gosses en bas âge. Des histoires du passé. Les gens veulent plus de mômes qui grouillent. Chaque fois qu'on leur a réclamé un petit frère, les parents ils ont râlé, surtout m'man qui prétend que la Terre est une planète encombrée, alors attention à pas trop procréer. Du latin *procreare*, engendrer, donner la vie c'est dans le dictionnaire. Frère ou sœur c'était perdu d'avance avec la pilule et l'IVG. Par chance on a Lahi, la bonne copine qu'habite dans le même immeuble, même palier, sans frère ni sœur elle non plus puisque le mari a quitté sa femme à la naissance de sa fille quand il a vu la couleur du bébé.

Heureusement que Lahi est pas en 4e (A ou B c'est tout comme, les 4e sont des racistes). Y en a qui lui cracheraient dessus à cause de son teint. Brun clair. Lahi est en classe spéciale pour faire aide ménagère comme sa mère qui bosse plusieurs fois par semaine chez un vieux monsieur, oui très vieux et sénile (du latin *senilis* c'est dans le dictionnaire). M'man elle dit que le pauvre est pas gâté. La mère à Lahi, un peu foldingue, traînasse chez les voisines ou au supermarché, elle oublie le pépé. Elle pense avant tout à se dégoter un copain. Paraît qu'elle veut un basané.

Mais qu'as-tu, ça te fâche ? (C'est dans le poème.) On croit pas qu'elle sera fâchée si on lui en parle. À Lahi. Elle est cool. Faut qu'elle sache ce qui se raconte. Donc on demande, Ta mère, elle a un autre amoureux ? Lahi se marre, T'es pas fou, l'amour, à son âge — Dimanche dernier c'était son anniversaire, le trente-cinquième, tu vois, et la tienne, elle est plus jeune ou quoi ? Y a une paye qu'elle dit trente-sept ans, on répond. Peut-être elle triche et c'est quarante, qu'est-ce que tu lui as offert ? Bof, une poêle à frire dit Lahi. Revêtement garanti qu'attache pas. C'était ça ou bien L'Oréal antirides.

La pauvre femme était dans le besoin. Celle du poème, pas la mère à Lahi, pourtant son père envoie jamais d'argent – son vrai père, le grand Noir. Mais sa mère a un métier. Et puis elle loue une chambre, Lahi dort dans le séjour sur le canapé, l'autre pièce est pour le prof stagiaire qu'en avait ras le bol de l'hôtel. Il paie cash. La m'man à Lahi elle touche du fric en plus comme mère qu'a pas de mari. Dans le poème, y a cinq enfants et deux qui s'y rajoutent après que l'homme a dit *Va les chercher*, leur mère est morte de misère et le prof a expliqué qu'en ce temps ça existait pas les allocs. Pendant son speech y avait des gars qui bourdonnaient bzz bzz pour que ceux qui voulaient entendre les commentaires ça les empêche.

L'homme prit un air grave et jetant dans un coin son bonnet de forçat mouillé par la tempête — Il est pas un forçat. Le prof dit que le mot est employé pour montrer que le job d'un marin pêcheur c'est dur. On dit, Oui c'est galère. Pareil pour le pilote dans un Grand Prix. Y a qu'à voir celui qui remonte après un gauche serré ça sent l'effort. Et l'autre qui abandonne ça sent le découragement. L'un fait un tête-à-queue et sort de la piste. Le plus rapide atteint du 312 à l'heure. La nique au TGV, super. *Pluie ou bourrasque il faut qu'il aille car les petits enfants ont faim.*

Oui ces mecs ont des enfants. Et du fric pour les nourrir. Pas question de les comparer avec un type qui pêche. Les deux McLaren sont très près derrière les Ferrari. Pour les hommes partis en pneus tendres c'est le moment de les changer. Tiendra tiendra pas. Rrnnnn. Sur la piste le défilé sauvage. Ça gronde comme la mer en furie *les flots le long du bord glissent vertes couleuvres* on aurait jamais cru que les Williams iraient si fort. Lahi soupire, T'es lourd avec tes histoires de bagnoles. Allons reprends, *L'homme est en mer.* Et articule.

Parce que Lahi qu'est en section spéciale pour les élèves qu'ont du mal à s'instruire elle a dit, Récite. Lahi on l'aime comme une sœur et on l'aime aussi autrement. Tant pis qu'elle distinguerait pas une Mercedes d'une Sauber. Et qu'elle rigole, T'as des idées formides, pilote hier, aujourd'hui comédien, demain pourquoi pas curé facteur boucher ministre — Elle dit, Les mecs de ton âge ils me gavent. Lahi sera aide ménagère dans les services de la mairie. Elle dit que le social c'est son truc mais ça devient compliqué. Autrefois c'était plus simple, par exemple quand les deux mômes du poème restent tout seuls le pêcheur les adopte, la femme du pêcheur les emmène *sous sa cape aux longs plis* (dans le texte). De nos jours faudrait les fourguer à la DDASS qui enquêterait pour savoir si le marin a les moyens de les nourrir, ça suffirait pas qu'il espère que Dieu désormais remplira ses cales.

Soixante tours de circuit. C'est le quarante-septième. Depuis au moins trois tours on s'interroge, pourquoi le prof se marie pas avec la mère à Lahi quand bien même il est plus jeune ? On s'informe auprès de Lahi qui se pointe comme chaque dimanche parce que chez elle y a pas la télé mais le Grand Prix ça l'emmerde alors on lui dit de couper le son. Elle palabre, Tu m'embrouilles, j'ai à te parler. Toi tu fouines dans ton dico ou tu lis des poèmes ou tu mates un rallye, t'as pas les pieds sur terre, tu sais pas que les salauds de l'école ils sont venus hier chez nous. Et cette fois en plus de dire, Putain-de-négresse-de-mes, et, Moi-pas-manger-blanc-sans-ketchup, leur plan c'était de bousiller les affaires du prof. Ils sont entrés par la fenêtre. Ça pourrait être les gars de 4e. Le prof a retrouvé ses livres et ses papiers en miettes. Les flics vont rappliquer au collège.

Elle dit, Lahi, Y a un joli choix de boloss dans cette classe. Elle va aider à ranger, nettoyer. Ils vont craindre, bien fait pour eux.

M'man dit qu'elle a raison, Lahi. D'être en colère. M'man dit qu'ils devraient avoir honte ces voyous. P'pa hausse les épaules, le prof est un faiblard qu'a pas d'autorité et oblige à étudier des machins pas excitants. Les jeunes ça les branche plus. Le poème, p'pa en cite des passages qu'il se rappelle de quand son père cherchait à l'épater. *Lui seul, battu des flots qui toujours se reforment.* M'man a dit, sévère, Rien comprendre à la poésie donne pas le droit de se conduire en vandale.

Après, en cours ça déraille. Le prof crie des menaces (colles et verbes à conjuguer). On sent qu'il est furieux même s'il accuse personne. On essaie de penser à un truc sympa. Deux des voitures sont côte à côte. Mais sshhhuuu — un moteur a trop chauffé. Le bolide flotte à la dérive on angoisse, *dans les brisants parmi les lames en démence.* Y a un tel boucan dans la classe que le prof dit, Sortez.

Les autres sortent, on reste. C'est l'heure des exercices de diction. On veut réciter le poème. On est au dernier rang, le prof près du tableau, on lève le doigt. Hey, ça galope dans le couloir, un type qui se ramène on entend le poum poum de ses Nike. Il arrive. Un grand. Il fonce il jette très fort ce qu'il avait à la main, ça cogne dur contre le crâne du prof et le prof tombe. Le prof est tassé coincé entre sa chaise et sa table. Près de lui un des poids du gymnase – le poids pour les lancers – roule encore. Et s'arrête.

Le logis est plein d'ombre et l'on sent quelque chose qui rayonne à travers ce crépuscule obscur. Le prof dit rien il s'est comme englouti dans l'obscur. L'assaillant a poursuivi sa course. On n'ose pas remuer on parle en silence on dit sans mots qu'on envoie les secours, que la tempête se calme. Que les petits enfants ont faim mais qu'une aide-ménagère leur prépare à manger. On dit que la foule se disperse, Lahi jette les débris, balaie la piaule, on dit n'importe quoi pour lui laisser, au prof, le temps de rouvrir les yeux et d'annoncer, Ça va mieux à présent, ça va, à toi, démarre. On n'attend plus. *C'est l'heure d'aller voir si la mer est meilleure, si la flamme est au mât du signal* on déclame sans trop regarder le prof. Juste comme le pêcheur du poème — *le gouffre roule et tord ses plis démesurés* — pouvait pas regarder la morte dans la cabane. On tchatche à toute allure. Y a eu un accrochage, coques enfoncées cadavres à dégager, ça hurle. *La vague sonne ainsi qu'une cloche d'alarme.*

Et lorsqu'en tirant les rideaux la femme dit *Les voilà* ils entrent.

Les keufs. Ils ont le talkie-walkie le revolver et la matraque. Ils se penchent vers le prof qu'a plus l'air de bouger. Et ils disent sans tourner la tête, Bravo. Salopard, t'as fait du beau travail.

La dent

J'ai dix-sept ans. Je suis vendeuse saisonnière dans un magasin d'ustensiles de cuisine (je ne mentionne pas lequel, j'ai dit aux patrons que j'avais dix-huit ans, il paraît que jusqu'à dix-huit ans des règles sont imposées à propos des horaires. Les patrons ça les gêne).

J'ai une mère plutôt bien pour son âge.

Mon petit ami est très beau, lui. On s'est rencontrés à la plage. L'après-midi de mon jour de congé. Je m'ennuyais. Il s'ennuyait. On s'est promenés en bavardant. Il m'a dit qu'il était étudiant. Toutefois pas exactement. Déjà huit ans qu'il a son bac. Il termine sa médecine. Se spécialise dans la chirurgie dentaire. Interne en hôpital ça se nomme. Moi j'ai une dent de travers. Je tiens ma main devant ma bouche quand je parle pour la dissimuler. Il m'a dit, Je t'arrangerai ça.

Le soir on s'est embrassés. Deux baisers sur les joues. Et puis on s'est dit, À plus.

J'ai déclaré à ma mère que Jack, un étudiant-dentiste, avait l'intention de redresser ma dent. Oui, ma dent de travers. J'ajoute, toujours rancunière, Puisque tu ne t'en es pas souciée quand j'étais môme. Comme à l'habitude maman répond qu'elle a essayé, elle m'a emmenée chez un dentiste réputé mais il a dit, Trop tôt. Après il a dit, Trop tard. En ce temps-là, explique maman, ça n'avait guère d'importance le strict alignement des dents. J'ai bougonné avec mon air de sale gosse, d'ado attardée qui s'attaque à sa mère, qui refuse ses faiblesses, T'avais autre chose à penser.

Maman – à dix-sept ans elle aussi – a constaté qu'elle attendait un enfant. Mon père, un designer, l'avait épousée quelques mois auparavant, il l'aimait, il aimait aussi les voitures. Il s'est tué au volant de la Porsche d'un copain alors que maman entamait son sixième mois de grossesse. Elle m'a élevée seule. Le designer avait amassé un petit pécule, elle l'a fait fructifier.

Pendant l'année scolaire je fréquente un cours privé où on enseigne un langage châtié, de bonnes manières, presque rien à part la musique (ni jazz ni rock ni techno. Classique).

J'ai voulu me procurer plus d'argent de poche (ma mère souvent me reproche de trop lui en réclamer). Durant les vacances d'été je me suis présentée pour cet emploi annoncé au tableau de l'office du tourisme. On m'a embauchée. Ça m'a convenu. Me revigorait de fréquenter les vendeuses de la boutique des poêles à frire et des casseroles. J'avais trouvé des copines. M'ont appris comment se ferme une cocotte-minute, l'usage de l'inox à l'intérieur des fours, les inconvénients d'un broyeur-mixeur. Me racontaient leurs frasques. Ma mère disait, somme toute, que c'était une expérience. Avant le mariage.

Moi, je ne suis pas mal. Pas au point d'attirer des envies, des jalousies. J'ai du style. Ça vient de mon père ! Il concevait des luminaires, des fauteuils, des guitares, de la vaisselle, d'après maman c'était toujours superbe.

Je ne l'ai pas connu. C'est peut-être pourquoi j'ignore la façon de m'y prendre avec les hommes. Par chance, Jack, ce type sympa, m'a adressé la parole. Avec lui c'est facile.

On se rejoint le soir à la plage. Je lui ai dit où j'habitais. Il est venu à la villa à une heure où inopinément je remplaçais une vendeuse. Ma mère lui a servi à boire. Elle m'a dit, Tu choisis bien tes copains. Tu sais qu'il a un bateau, un yacht de huit mètres ? Il veut t'inviter à une partie de pêche. Vas-y. Vous m'emmènerez quand il t'offrira un tour dans la baie ? J'ai dit, D'accord, mam'.

Maman se rapproche de sa fille. C'est qu'elle se sent vieillir, je me dis. Pourtant elle a des tas de relations. Pas comme moi qui n'arrive pas à m'intégrer dans un groupe (hormis celui des vendeuses, je profite des papotages sans leur raconter ma vie).

Cependant je peux plaire aux hommes. Je ne suis pas mal, je me le répète. De grands yeux, des traits réguliers. Je serre les lèvres pour cacher ma dent. Plantée de travers. Je ris bouche fermée. Ma mère a des dents parfaites.

J'entends au magasin ce que narrent les vendeuses (*narrer* est un mot de mes profs, je l'adopte). Des vendeuses narrent qu'elles et leur petit frère se sont crêpé le chignon (sauf qu'il n'a pas de chignon le petit frère mais les cheveux rasés). Elles parlent aussi de leurs amoureux. J'écoute et je m'éclate. Mes profs n'approuveraient pas.

Mon interne des soins dentaires me reconduit souvent à la maison. Il bavarde avec maman. Il est très cultivé, dit-elle. Son bateau a de l'allure. On est partis tous les trois en balade. Le matin était calme. On a débarqué dans un port minuscule, il y avait là un restaurant. On a déjeuné, mangé un homard et des langoustines. C'est ma mère qui a payé. Puis la tempête s'est levée. Jack nous a ramenées indemnes (en naviguant au plus près contre un vent de force 7, a-t-il dit). Ma mère a vomi dans le cockpit. Elle a tenté d'atteindre le bord afin que tombe à l'eau son dégueulis (j'emprunte ce mot délicat aux vendeuses d'ustensiles culinaires). Raté. Jack a haussé les épaules, Ce n'est rien. Il a nettoyé avec une serpillière. Mam' était pâle, son maquillage coulait. Elle m'a semblé pitoyable. Elle cherchait de quoi s'essuyer. Je lui ai passé mon foulard.

Au mois de septembre je suis allée une semaine en voyage organisé par mon école qui encourage le bénévolat – en juin je m'étais inscrite pour jouer de la flûte dans les maisons de retraite. Le cours privé est catho, on fait sa B.A. comme les scouts. À mon retour je me suis pointée à l'hôpital puisque Jack m'avait promis de redresser ma dent. Cette dent mal plantée qui toujours m'obsède. Il a dit, Enfin te revoilà. Écoute, on se marie. Comme si on l'avait longtemps projeté et qu'enfin la décision soit prise. Il s'est arrêté de me fourrer dans la bouche ses instruments barbares, s'est penché vers le lavabo, m'a tendu un gobelet plein d'eau. Rince-toi. Je tremblais. J'ai renversé de l'eau sur sa blouse blanche. J'ai levé les yeux vers lui. J'ai eu un sourire immense.

Il a dit, tranquille, confortable, Ça sera vraiment sans problème de te surveiller les gencives. De vérifier que tout va bien. Je t'aurai sous la main. On se marie, ta mère et moi.

Le tapis du salon

II

Je l'avoue. Je l'admets. J'ai porté ça toute ma vie, ça m'a beaucoup encombré. C'était enfoui sous des tas de velléités, d'espérances, de projets. Mais c'était là.

Le cri plaintif d'Isabel. Moi, feignant le calme, C'est rien, Isa.

Mon petit, qu'est-ce que tu marmonnes ?

Ma sœur n'a jamais mis en doute le "rien" que je répondais imperturbablement. En vrai je l'étais (perturbé).

C'était là. J'avais quinze ans. Isa, dix-huit. Je me disais que ma sœur était plutôt facile à vivre.

J'en avais à peine quatorze lorsque Isa m'a conduit en montagne. Robin en principe décidait. Robin, mon père, parti au Brésil pour les besoins de son entreprise avait perdu tout sens commun après la mort de ma mère. Ma sœur travaillait dans une agence immobilière. À l'époque on n'avait pas la Sécu, il fallait se débrouiller pour suivre les recommandations du médecin de famille qui me jugeait chétif. Ma mère disparue, mon père se lamentant de ne pas trouver en son fils un réconfort à sa misère — Expédiez-le en altitude, disait le praticien. L'altitude pour moi on ne l'atteignait qu'en avion. J'ai été déçu quand on a pris le train. On s'est arrêtés en bout de ligne qui grimpait jusqu'à 1 500 mètres. Il m'en restait à gravir 500. Je suis monté à pied avec le vieux berger après une bise de ma sœur qui reprenait le train en sens inverse. À quatorze ans j'étais engagé comme pâtre. Pour ma nourriture et pour l'air des cimes.

D'abord ça s'est bien passé. Le berger avait une amie, Marion, qui nous faisait à manger. Elle me faisait aussi des bises. Je courais après les chèvres. Il y en avait toujours qui allaient folâtrer là où c'est interdit. Le berger me disait, Tu t'arranges comme tu voudras, j'en veux cinquante tous les soirs. En bon état. J'étais un général à la tête de ses troupes. Qui les oubliait souvent, ses troupes. Dans l'ensemble elles ne me donnaient pas de véritables problèmes. C'était le printemps. Je déléguais les chiens, je m'allongeais dans l'herbe je rêvassais. Et soudain je me souvenais des animaux. Je me redressais sur les coudes. Le chien de troupeau, le chien de protection étaient aux aguets. J'évitais de compter les bêtes. C'était l'affaire du berger. Après la soupe.

Marion a obtenu un emploi au restaurant de la vallée. Le berger s'est mis à boire. Les forestiers lui revendaient de l'alcool. Il buvait trop, ça l'abrutissait. Aucune raison de le dire à ma sœur, il était toujours d'accord sur le nombre de chèvres et de boucs. Je vivais dans une cabane attenante à la plus vaste où le berger cuvait ses cuites. Une femme du hameau nous préparait la nourriture. C'était un infâme ragoût. Je m'en fichais.

Marion m'écrivait de temps à autre une carte postale. Elle pensait encore à moi, j'appréciais. Pourtant je ne répondais pas. J'avais suivi mes classes jusqu'au certificat d'études. Mais on efface tout ce qu'on sait quand on n'a plus l'occasion d'ouvrir un livre.

Le berger est mort. D'une cirrhose. Je suis rentré à la maison emportant un chevreau nouveau-né dont la mère ne se souciait guère. Il y a des mères comme ça. Isa vivait dans l'appartement de mes parents. Je me suis réfugié auprès d'elle, j'ai cherché un apprentissage pour devenir menuisier. Mon père, reparti au Brésil, écrivait qu'il n'oublierait jamais sa femme. Il l'aimait tant. Elle l'aimait. Elle était merveilleuse, c'était le bonheur parfait.

Mon chevreau m'a échappé, il a été écrasé par un camion sur la route. J'ai eu un énorme chagrin. En guise de consolation Isa disait, Je t'en achèterai un autre. Je refusais. La mort de ma mère m'avait à peine troublé. La mort de mon chevreau a été une épreuve bien plus dure. Je ne m'en suis jamais guéri.

Mon père est revenu. Lui aussi inconsolable. Il n'a pas voulu revivre dans cette maison où il avait connu l'amour partagé. Il a loué un studio. Isa lui rendait visite chaque dimanche. Je l'accompagnais quelquefois. Pas souvent. Mon père a survécu trente ans à son deuil. Isabel et moi on s'entendait bien.

Je vais dire, je vais m'expliquer. En pleine possession de mes facultés quoique d'un âge avancé qui aurait dû les amoindrir. Mais non. Je suis comme j'étais autrefois. Clair dans ma tête. Même si je mélange les mots, si je bégaie. Clair dans mes buts et moyens. Clair dans mes actes.

Je m'en souviens comme si c'était hier. Isa a hésité un moment parlant de choses et d'autres, et puis elle m'a raconté (à quarante ans) qu'elle avait enfin rencontré l'homme de sa vie. Soudain j'ai senti un fardeau écrasant dans ma poitrine.

Lui. Robin. J'y pense sans cesse. D'abord plein d'ardeur et puis — La mort brutale de son épouse victime d'une crise cardiaque alors qu'il était loin d'elle en a fait un homme éploré n'ayant plus de goût à rien. Des années à rabâcher son roman d'amour avec cette femme qui était tout pour lui. Après l'accident d'Isabel il n'a pas même demandé comment on s'en tirait.

Je tenais le bol d'une main, dans l'autre main un chiffon ou une serviette (non, un torchon, je crois. Qui est tombé). J'ai voulu le rattraper. Mon bol de bouillon penchait dangereusement. Je me suis courbé pour dégager le lacet de ma chaussure coincé sous le pied de la chaise, le bouillon a débordé, s'est répandu sur le tapis.

C'était le tapis du salon. Agrémenté d'un cercle gras. Isabel a soupiré avec un malicieux sourire, Tu aurais dû rester auprès de tes chèvres. Elle a essayé d'absorber la tache avec une éponge imprégnée d'un détergent. Elle a dit, Houla. Plusieurs fois. Elle s'était trompée de flacon, elle avait pris un acide. Ça cuisait. Elle s'est frotté les yeux. Elle a crié. Si elle avait pleuré, répétait l'ophtalmo, ça aurait tout changé.

Ce tapis, Isa ne l'a plus jamais vu, avec tache ou sans tache. Elle ne s'est pas mariée. Ma faute. Je l'ai gardée près de moi. Je lui ai fourni des cannes blanches.

À cause de. Ce tapis. Du salon. Ma mère avait écrit à mon père qu'elle l'avait gagné à quelque loterie de paroisse. Il l'avait félicitée.

Il travaillait dur, il projetait un retour rapide et glorieux, de l'argent plein les poches.

Dernier cadeau à ma mère. Le tapis. Cadeau d'un homme très fortuné.

Son amant.

Méditation

Dix-sept millions d'Hindous se rassemblent au bord du Gange.

Je me suis réveillée à six heures. Comme d'habitude. J'ai bu le café de ma thermos. J'ai écouté les infos sur Radio-National. Ça commence d'ordinaire par des meurtres ou des viols. Ce matin c'étaient les Hindous, le pèlerinage, dix-sept millions sur les routes cette semaine.

Le cas de la vieille qui a été cette nuit la victime d'un cambriolage est rapidement traité par le présentateur. On lui a fauché son livret d'épargne. J'ignore ce que le voleur en tirera, pas grand-chose si les services financiers font gaffe.

Le matin au lever je répète à mi-voix que Trevor m'a quittée. C'est pour commencer la journée sur des bases réalistes.

Dix-sept millions d'Hindous fortement convaincus que Vishnu renaîtra se rassemblent au bord du Gange.

Trevor m'a quittée pour vivre avec une autre.

J'étais bonne ménagère, je tenais la maison. Trevor

construisait. Des maisons. En bois. Souvent dans ce pays c'est la coutume.

Ce pays où on est venus, Trevor et moi, chercher fortune.

Non. Pas vraiment. Simplement s'assurer une existence sans histoire.

Dix-sept millions d'Hindous ont chanté. Ou prié. Rien à voir avec notre histoire.

La nouvelle copine de Trevor passe le week-end en montagne dans un centre de méditation. Elle dormira dans une cellule, ça fait comme une prison. Elle prétend (Trevor l'assure) qu'en ne parlant que pour dire l'essentiel et en mangeant frugal ça vous requinque. Mais c'est quoi l'essentiel ? Frugal, ça veut dire quoi ? Ça veut dire pas de gâteaux, de crème au beurre.

Des carottes. De la salade.

Depuis qu'il m'a quittée pourtant Trevor a pris du ventre. Sa concubine se nomme Raviana. Elle dit – on me le rapporte – qu'elle ne se sent pas coupable. Trevor a choisi. Dans la vie on doit choisir et puis valider tous les jours son choix. Elle dit, à ce que m'a confié Pam son amie qui est aussi (un peu) la mienne, qu'elle est prête à perdre Trevor s'il le décide. Le genre de chose qu'on annonce quand on est à l'aube d'un amour passionné, qu'on se sent remplie d'allégresse et qu'on se dit prête à tout perdre parce qu'on est certaine de ne rien risquer. J'ai connu ça.

Dix-sept millions d'Hindous (l'info à la radio) sont réunis au long du Gange. L'amour humain ils s'en balancent. Du moins à ce qu'ils laissent entendre. Ils se baignent dans le Gange. On y voit entre deux eaux des cadavres de rats et du fumier. Les Hindous en font un fleuve sacré et bâtissent des bûchers sur ses rives pour incinérer leurs morts.

Raviana, la chérie de Trevor, raconte son stage de méditation. Les gens se déplacent en silence, vêtus de blanc, parce que les couleurs ça disperse.

Moi je détesterais qu'une cloche me réveille à quatre heures du mat' et après rester immobile jusqu'à sept heures assise sur un coussin (oui, pas à terre, non, tout de même pas — sur un coussin) pendant qu'un gourou attend que je médite sans avoir bu mon café.

Quel serait le sujet de ma méditation ? Il n'est guère souhaitable de se concentrer sur la vie pratique. Pas de précisions, Raviana tourne autour du pot. Soudain on se sent soulevé par un élan de l'être entier et on vogue dans le non-dit le non-pensé. Ça n'aurait aucun intérêt que je médite sur la raison qu'a eue Trevor de me quitter, les causes et les conséquences. Il n'y avait pas de raison. Trevor regrettera. Raviana ira voir le Maître (toutes les trois semaines, dix fois plus souvent que le dentiste) et lui demandera conseil. Chaque voyage lui coûtera 100 dollars.

Je suis sûre que Trevor cherchera un jour des ennuis au Maître. Il aura sa crise et des maux d'estomac. Raviana lui préparera des emplâtres de produits naturels. En travaux dirigés, après la méditation. Trevor sera aigri par l'ulcère. Normal. Raviana demeurera impuissante, elle aura fait une erreur en mélangeant ses ingrédients, le harakeke ne pourra le guérir. Trevor s'en ira.

Non. Il ne s'en ira pas. Trevor est le père d'un enfant mi-indien. Sa mère c'est Raviana, indienne. Je la tuerai.

Dix-sept millions d'Hindous au bord du Gange. Et un petit Indien ayant perdu sa mère. Une femme l'emporte. Les enfants en Inde on prétend qu'ils se laissent voler par des mères abusives. Qui leur apprennent à mendier. Ça n'est pas vrai. Dix-sept millions d'Hindous protestent au bord du Gange.

Je ne la tuerai pas. Je lui arracherai les membres. Le demi-petit Indien aura une mère sans bras ni jambes.

Lorsque Trevor sera mort, et Raviana, leurs enfants leurs petits-enfants, moi de même et ma descendance (s'il m'arrive jamais d'en avoir) qu'en sera-t-il de ma douleur sur cette Terre qui pour un temps appartiendra à d'autres ? Lorsque dix-sept millions d'Hindous se retrouveront incarnés en loups-garous ou en vampires. En chevaux. En libellules. Et que 17 millions d'Hindous seront alors 71 ?

Mais je plaisante. Il y a seulement sept millions de fourmis (à deux ou trois millions près) qui grouillent près de la fourmilière au coin de la cour. Je les écrase. Rageusement. Comme j'ai écrasé Trevor et Raviana. Avec ma voiture de sport. Trevor s'en est tiré. Raviana souffre de fractures. Je n'avais pas bu d'alcool.

J'ai écopé de six mois.

Histoire

Elle était contente de ses achats. Les sacs de plastique lui meurtrissaient les doigts. Elle tenait un livre sous son bras. Ce roman – Matt en avait parlé la veille – elle venait d'en trouver un exemplaire chez un bouquiniste de la rue de Provence. Elle rentrait à la maison.

On donnera le rôle à Katia, dit R. Elle sortira des magasins du Printemps ou des Galeries. Elle fouillera dans les caisses à l'étalage. Un gros plan de quelques secondes.

Il lui restait assez d'argent pour s'offrir le luxe inhabituel d'un retour en taxi.

Les taxis ? Pas très vraisemblable, pas leur chemin, dit le cameraman. N'importe dit R. C'est juste une idée qui lui passe par la tête.

La station de métro était toute proche. En renonçant au taxi elle pourrait s'acheter une bague ou un collier.

Cette page, qu'est-ce que tu en fais, plutôt merdique. Mais si tu tiens à la garder — Il faudrait une copine, dit R. Elles seraient deux, Katia et Lise par exemple. Elles se raconteraient des bricoles en finissant leurs courses, le vieux truc, la scène d'exposition. On continue. Une chance que je possède encore un texte, une élucubration stupide, comme un vague brouillon alors qu'on a une commande.

Elle descendit les marches. Il y avait peu de monde dans les couloirs. Elle avait su devancer la foule des entreprises et des bureaux envahissant les rues et le métro en fin d'après-midi. Elle posa ses paquets sur le banc auprès d'elle, retenant contre ses genoux le sac qui renfermait le coupon vaporeux pour la robe du bébé.

Il n'y a plus de banc, dit le cameraman, on vient d'installer sur le quai de la ligne 3 ces sièges absurdes. Donc elle entassera la marchandise à ses pieds.

Ici, dit-il, je suppose qu'on voit les deux femmes déballant leurs trésors, échangeant des avis. Lise, elle a des gosses ? Possible. À voir, je note. Un morceau de bravoure, la démission des pères. Ringard, dit R. Mais Katia parlera de son mari, Matthieu.

Elle contempla les autres voyageurs. Un garçon feuilletait les pages d'un magazine. L'homme âgé assis plus loin était plongé dans une revue. Une femme lisait, elle aussi, appuyée de l'épaule au distributeur de confiseries. Matthieu prétendait que personne n'aimait plus la lecture. Il en accusait la télé, le sport, les résidences secondaires. Matt écrivait. Il était un bon ingénieur mais un romancier méconnu. Il s'en consolait aisément. Et pourtant si dans la vie il tenait des propos optimistes dans ses livres il était sombre.

Cet homme dont elle partageait l'existence inventait des personnages voués à un destin tragique. Il disait que c'était un jeu, il riait, grimaçait, elle avait deux enfants, une petite fille blonde et sage et l'autre qui était son mari.

De la guimauve, dit le cameraman.

J'ai écrit ça pour *Harlequin*, dit R. Tu piges ? Ils m'ont refilé un chèque confortable. Et puisqu'il nous faut une dramatique qui bouleverse dans les chaumières pour la rubrique *Histoires d'amour* — Faites l'amour et pas la guerre. Pas d'amour trop brûlant sur l'écran si les enfants sont encore debout. Tout ce passage, dit le cameraman, ça pourrait être Lise qui interroge : Alors, Matt, ces bouquins ?

Entendant le métro gronder sous la voûte elle rassembla ses paquets à la hâte. Mais la rame venait de droite, en direction inverse. Des gens descendaient, d'autres prenaient leur place, les portes claquaient, le train repartait. Un homme arrivait sur le quai opposé. Elle se leva, soudain fut en face de lui, séparée de lui par la fosse des deux voies. L'homme à présent ne bougeait plus. Elle le reconnut sans une hésitation. Ils ne s'étaient pas vus depuis quinze ans.

L'amie cessera de pérorer, dit R. Quelque chose la trouble. L'inquiétude l'envahit.

Lise fera ça très bien. Lise fera pour toi tout ce que tu lui demanderas et très bien je t'assure, dit le cameraman. J'en ai rien à foutre, scénario mis à part, dit R.

Elle laissa tomber le livre, resta figée. L'homme eut un geste vague. Il sembla prêt à lui parler.

Brusquement, il lui tourna le dos. Il marchait le long du quai, il dépliait un journal.

Ça c'est un rôle pour Tibul, il déplie les journaux avec classe. J'imagine qu'il s'agit d'un gars pas mal balancé. Un ex ? Amour de jeunesse. Flash-back ?

Des voyageurs sortaient du couloir de correspondance. Ramassant le livre, se redressant, elle suivit des yeux cet homme en pantalon gris et polo blanc sous la veste de lainage. Ce qu'elle voyait c'était un garçon de seize ans vêtu d'un blue-jean délavé, d'un pull-over informe, dans le flamboiement des bois au soir de cet été-là. Il y avait eu le froissement des fougères, des mots qu'on chuchote, tant de jeux, tant de rires, les baisers, les caresses. Elle disait, Je n'ai rien oublié, tu m'aimes, je t'aime, ça ne finira pas. Nous voulions vivre ensemble, attendre patiemment l'hiver dans la cabane du jardin. Du seuil de leurs maisons voisines nos mères nous appelleraient, Le dîner est prêt, c'est l'heure. Nous n'allions pas répondre, serrés l'un contre l'autre jusqu'à la première neige.

Donc, dit le cameraman, il te faut deux adolescents, Katia et Tibul avec quinze ans de moins. Oui, dit R. Cette séquence sera de l'ultraromantisme, contrastant avec le métro et le bavardage futile dans les boutiques. Pas très long, vu qu'on est limités à une heure pour l'ensemble, mais ça doit être la joie, l'extase. Le paradis perdu, dit le cameraman. On continue après la chute, dit R.

Au bord du quai, immobile, il baissait la tête. Un instant elle voulut crier son nom. Renonça. Il s'éloi-

gnait lentement, le train entrait en gare. Le conducteur jaillissait de sa cabine, expliquant au chef de station avec de grands gestes et d'une voix claironnante que le retard était dû à un arrêt imprévu, les signaux fermés, une erreur. Ainsi je t'ai rencontré par erreur, disait-elle, montant dans le wagon, s'appuyant contre la vitre. L'homme était encore sur le quai. Comme le train s'ébranlait elle le vit une dernière fois. Nous avions seize ans à peine.

Travelling avant sur le couple, dit R. C'est pas demain qu'à la télé ils vont nous permettre d'essayer des trucs. On repiquera une ou deux images de la séquence précédente. Un leitmotiv.

Elle s'est assise. Le sac sur ses genoux. Les mains froissant les paquets. Mes mains, dit-elle, tu les jugeais si douces. Elle les contemple, toujours belles, entre ses mains des achats ridicules. La robe du bébé serait laide dans ce tissu au rabais. La petite en habits de fête aurait l'air d'une poupée de quatre sous.

Ici coupure. Katia aura sorti le tissu du sac, elle dira que ce bout de chiffon, une horreur, quelle idée elle a eue d'acheter ça.

Ou bien on choisit un fondu enchaîné pour l'arrivée chez elle. Je me demandais. On en discutera. Moi, dit le cameraman, j'essaie de voir comment ne pas bousiller ton histoire. Ne vaut rien, dit R. Les femmes sont de vraies gourdes, dit le cameraman. Au moins Katia n'est pas mal foutue.

Elle courut le long du couloir monta très vite les étages. Sa fille était pour quelques jours à la campagne chez la grand-mère. Le vendredi, Matthieu quittait l'entreprise à cinq heures, il ne tarderait pas.

La petite chez mère-grand, dit R. Elle a dû le raconter à son amie. Ou encore à la concierge. Un rôle de plus. Savoir ce qu'on a comme budget.

Elle jeta les paquets sur le divan, ôta son manteau s'approcha du miroir. Elle était devant la glace de sa chambre de jeune fille, dans la maison d'autrefois, près du bois de pins, à la fin de juillet.

Là on fera un effet spécial.

La mère crie, Pourquoi t'enfermer dans ta chambre. Encore à rêvasser, n'est-ce pas. Et la voix plus douce à présent, Au dîner il y a des crêpes. Personne ce soir n'allait se plaindre en souriant qu'on rêvassait. Plus de jeune fille aux longs cheveux, l'image dans la glace était celle d'une femme de trente ans qui venait de perdre son premier amour pour la deuxième fois.

Bon, d'accord, dit le cameraman. Ça n'est pas très original cette alternance passé-présent, mais l'idée des deux miroirs qui se superposent, ça marche. Ton histoire n'est pas terrible. On a tout de même envie de connaître la suite. Le mec taré, le mari ? Attends, dit R. J'y viens.

Elle était assise au bord du lit, appuyant ses mains contre ses tempes, elle serait dure, toute resserrée, elle deviendrait insensible, fermée au monde et le monde l'oublierait. Mais qui lui voulait du mal ? Son enfant était adorable. Il suffisait que désormais elle oublie les étés anciens, qu'elle renonce à flâner dans les rues, à fréquenter les magasins, ne prenne plus le métro, n'ouvre plus le livre que Matt avait écrit, qui finissait mal. Six heures, Matthieu devrait rentrer. Six heures un quart, il n'est pas là, tant de malheurs ont pu arriver depuis son départ ce matin, le danger partout, et la peur, les freins des camions lâchent, des objets pointus tombent des échafaudages, on vous sert dans les restaurants des ragoûts de viandes faisandées, le feu brûle, le gaz fuit, attention en traversant la rue, les rivières débordent, les maladies sont contagieuses, ne reste pas les pieds mouillés. Elle tremblait, tout était difficile. Matt ne reviendrait jamais, elle serait une femme abandonnée, une mère admirable et odieuse qui ne pourrait supporter que la petite ait un jour quinze ans, se retire dans sa chambre pour rêver, ne réponde pas quand on l'appelle et passe ses vacances à courir les bois.

Ce bla-bla, j'ai pensé que ça donnerait un monologue. Une crise d'angoisse. Alors on parle pour soi, on parle. Les coups d'œil vers la pendule, l'agitation frisant l'hystérie. Oui, le texte est à mettre au point. Pas question de laisser Katia improviser.

Si Matthieu revenait, pourtant — D'habitude, à cette heure, il s'étalait sur le divan.

Le téléphone, dit le cameraman, c'est la fille du début, notre Lise. Tu n'es pas trop fatiguée ? On se voit demain ? Elle perçoit une hésitation, elle interroge, elle insiste. Katia lui avoue que Matt n'est pas là. Il a été — retardé.

Tout à l'heure il aurait faim. Elle prépara une salade, elle mit la table, pleura encore. S'il n'est pas mort Matthieu téléphonera, ce soir ou demain, Pardonne-moi je m'étais trompé, nous ne vivrons plus ensemble, peux-tu m'envoyer mes affaires ? Elle expédierait les vêtements, après avoir recousu les boutons, inspecté les doublures. S'asseyant au bureau de Matthieu, face à la fenêtre, elle prit le bloc de papier à lettres et son stylo, elle écrivait « Chère maman, j'espère que tout va très bien à la maison ».

L'élaboration du dîner, facile, dit le cameraman, j'adore filmer la bouffe. On commence en flou. Puis on fait le point sur la table du repas. Les deux couverts. Pour les fringues on se débrouillera. Dis, pourquoi tu la veux tellement nulle la meuf, on dirait presque que tu n'aimes pas les femmes. Bon, écoute, dit R. Son mari se ramène et mon idée c'était de réaliser un montage parallèle en montrant ce qu'il fabriquait, lui, pendant qu'elle rencontrait l'amoureux d'autrefois. Mieux vaudrait prolonger le suspense. On verra, je termine.

Le bruit strident de la sonnette. Matt avait oublié sa clé, il l'oubliait souvent. Il entrait, il disait, Bonsoir ma chérie. Il l'embrassait. Il s'affalait sur un fauteuil, dénouait les lacets de ses chaussures, constatait, Je suis en retard. Elle soupira, Je m'inquiétais. Matt expliquait, Une fille que j'ai connue jadis était chez un de nos fournisseurs ayant manqué un rendez-vous, elle s'était trompée d'heure, ainsi par hasard nous nous sommes revus, je l'ai emmenée boire un verre. On a discuté un moment.

Elle le regardait qui tiraillait ses lacets, il allait continuer, elle devinait la suite, Comprends-moi je n'y peux rien.

Ici Katia doit réagir, dit R. Elle se tourne vers lui brusquement. Alors ? Raconte. Douleur et agressivité. Déjà acceptant la défaite. Un temps mort.

Du talon il repoussa les chaussures sous le divan. Il leva les yeux, il reprit, criant presque, Eh bien devant cette fille je n'ai pas eu un instant d'émotion, pas une ombre de regret, pas même – le regret de ma jeunesse. C'est que, vois-tu, je suis un homme heureux.

Débile, le gars, qu'en penses-tu ?

Non, dit Matt, comme elle était dans la cuisine battant l'omelette, cela n'avait pas d'importance qu'elle ait oublié le dessert.

Un vrai macho ton mec, indulgent pour la pauvre idiote.

Mais oui, il en était sûr, la petite serait ravissante dans une robe d'organdi.

Pas terrible, dit le cameraman. Ça ira, dit R. Avec quelques aménagements, compte tenu de ce qu'on nous demande on s'en tirera, j'écris les dialogues et tu tournes un bout de vidéo avec Katia, Lise, et Tibul. Les responsables d'*Histoires d'amour* veulent du sucre candi ben ils l'auront, dit encore le cameraman. On s'étonne que tu ne montres pas plus de sympathie pour tes créatures, mais ça finit bien c'est moral. Question de point de vue, dit R. Y en a un dont tout le monde se fout, le garçon d'autrefois, l'homme qui est apparu inopinément sur le quai du métro. Qui a détourné les yeux. Qui n'a rien dit, rien tenté. On ne saura pas ce qu'il pense, dit le cameraman. S'il a regretté s'il a souffert ou quoi.

Lui, dit R. Il ne croyait plus à grand-chose. Il avait admis depuis longtemps qu'on ne recolle pas ce qui est cassé.

C'est ce que tu imagines, dit le cameraman.

Non, je sais, dit R. Parce que c'était moi.

Summer

Elle m'a dit, Fabien, on va le manquer. Surpris, j'ai demandé, Quoi ? Le train ? Pour aller où ?

Le bateau ? Border la voile pour traverser.

L'avion ? Pour se tirer encore plus loin ?

Elle m'a dit, Je regretterais de le manquer. Tu verras, si on ne le manque pas tu te sentiras très heureux.

On n'est pas malheureux, Florence, faut pas charrier.

Dans ce pays qui est le nôtre, où tout vacille (récession, mieux vaut n'en point parler), on a la chance de partir en vacances. Vers la mer. D'abord Florence a froncé les lèvres en une moue boudeuse. C'est que Florence, d'ordinaire, exige un hôtel étoilé, un menu étoilé, une piscine étoilée. Elle a grogné quand je me suis refusé à réserver le chambre tout confort que je lui avais promise dans une station balnéaire pavillon bleu.

Mais on aura la mer et les vacances. On n'a pas pris la BMW j'ai choisi le vélo. J'ai dit, Un peu d'exercice te fera de beaux mollets. Sur un vélo tu bronzeras. Après une journée d'efforts tu seras fatiguée, tu iras te coucher sans rien avaler tu maigriras. (Florence n'est pas vraiment grosse, elle est mauvais juge, deux kilos en trop, prétend-elle, moi je m'en arrange.) Ça me fournit un nouveau prétexte : Dans un grand restaurant tu ne résistes pas, Florence, tu dévores. Pas bon pour la forme. Pour tes formes.

Et je décide : En ce bel été, on campe.

J'ai vendu en douce la voiture (et le cric, le gilet de secours, le triangle) puisque je n'avais plus de garage (vendu) plus de GPS (vendu). Florence ignore mes trafics, elle croit que tout ce qui est à moi m'appartient à jamais, donc lui appartient en quelque sorte. La maison ? Elle est « *For Sale* ». (À refiler à un British pas trop fauché.) Dehors des visiteurs discutent, ils veulent construire des chambres d'hôtes, ces cabanes accrochées aux arbres, haut dans le ciel, se faire du blé aux dépens de vacanciers extra-terrestres.

Devant mon dénuement total qui compromettait notre départ pour la plage un ami m'a prêté deux bikes. Du matériel solide. Avec des sacoches pour les fringues et la tente.

On ne doit pas le manquer, surtout pas, déclare Florence. Manquer quoi ? Un départ, un rendez-vous, manquer le petit joint du soir (et être en manque) ? Manquer l'émission très précieuse ce mardi (22 h 30) des Glassberries à la télé ? (J'ai aussi vendu la télé.)

Pour le moment Flo pédale et transpire. Elle dit, Ce que j'aimerais ? Tiens, une bonne douche. On peut s'arrêter quelque part mais les hôteliers n'apprécieront guère qu'on ne leur réclame que de l'eau. Ça serait mesquin. Même s'il s'agit d'eau en bouteilles, Vittel ou Volvic ou Perrier. On commanderait un thé complet histoire de les amadouer. Je voudrais tant, dit Florence, m'asperger d'eau fraîche. Pourquoi aller à la mer alors qu'il y a une piscine au fond de ton jardin ? Elle ignore que l'eau est coupée. (Et le gaz. Et l'électricité.)

Elle m'a avoué en riant, Mais tu sais, tout m'est égal pourvu qu'on ne le manque pas. Si on se pointe en temps voulu – elle énumère – je m'engage à ne pas me plaindre le reste de la semaine, le reste du mois, de l'année, à ne pas protester si ma nouvelle tenue du soir est mal coupée et simplement suggérer que Marlène la reprenne aux coutures (Marlène, la retoucheuse dernièrement remerciée – chez Chanel les commandes se font rares), à ne pas me mettre en colère si le taxi prévu pour mon prochain casting est en retard de cinq minutes. (On parle d'une grève éventuelle qui obligerait mon amie à utiliser les transports en commun.)

Moi je pourrais l'accompagner, la semaine dernière j'ai été licencié. Je ne suis plus architecte. J'ignore ce que Flo pensera de l'affaire. Je cherche un boulot d'intérim. Flo ira sur un Vélib' à ses clubs de yoga et de stretching ici et là. Elle s'arrêtera au retour à l'épicerie du coin de la rue — cette rue où je n'aurai plus désormais qu'un médiocre logis — pour nous acheter le dîner : deux sandwichs/thon, deux boîtes de bière. Ça nous changera des repas plantureux.

Florence à nouveau s'inquiète, On va le manquer, c'est probable. Manquer quoi ? L'hélico nous emportant sur une île et on n'aurait plus qu'à tendre la main pour cueillir un fruit plein de vitamines ? Ne serait-ce pas plutôt manquer l'endroit où passer la nuit, l'enseigne des Restos du cœur ?

Quand nous avons atteint la plage Florence a laissé son vélo au bord du chemin et elle a couru. J'ai caché les engins sous un buisson. Je l'ai rejointe. Elle était là, baskets dans le sable (des *Converse Chuck Taylor All Star*). Elle a dit, essoufflée, C'est bon. Super.

Une fille qui tient à ne pas manquer un coucher de soleil sur la mer s'intéressera-t-elle encore au fric, au confort, aux pelures ? Je me pose la question.

Le ciel est rose et splendide. À l'opposé l'astre s'enfonce entre les vagues. On est arrivés juste à temps. On se tient par la main. Florence dit Oh et puis Ah. J'évite de la regarder, il me suffit de sentir sur ma paume ses doigts qui frémissent. Je serais impardonnable d'avoir manqué stupidement un tel instant de bonheur.

Demain est un autre jour.

Je marche

Dans la ville. Au long des rues. Je vois des portes au passage.

Je marche.

Je m'arrête. C'est là. J'ai attendu des heures. Des journées (presque). Maman me disait, Va-t'en, ton père est en colère.

Je dévalais l'escalier. Jusqu'au rez-de-chaussée. Lorsque soudain quelqu'un entrait je courais me réfugier au fond du local aux poubelles.

Vingt ans se sont écoulés. J'ai marché. Je suis dehors, un homme seul devant la porte. Grise. Vieille.

La porte ne s'ouvrira pas. Mon père hurlait. Maman suppliait, Sauve-toi.

Une petite fille blonde et douce habitait au troisième étage. Elle descendait, on jouait aux billes.

C'était le temps des amours enfantines. Un soir la fille m'a informé qu'elle allait changer de quartier. Elle a dit, Je t'écrirai. Promis.

J'attends.

Je marche.

Vous descendrez à l'arrêt Roussillon

C'est une drôle d'histoire. Pas une histoire drôle. Étrange. Sinistre. Je vous la raconte ? Ne me troublez pas, vous me feriez perdre le fil, laissez-moi vous la dire comme je l'avais écrite il y a quelques années, comptant ébahir mon rédacteur en chef. Je me figurais qu'une habituée des lettres qui avait publié trois romans en remontrerait aisément à un homme dirigeant le journal local, enlisé dans la routine.

Max, l'autre chroniqueur, mon collègue et adversaire, savait ce que voulait le rédacteur en chef. Max est imbattable, je l'ai appris à mes dépens. J'ai dû au lendemain de l'affaire et en attendant le succès de mes livres me résigner à tenir la caisse d'une supérette.

Mais je sais raconter. Écoutez, je vous prie.

La route départementale serpente à travers la forêt. Dans le bar le patron avait dit à la femme d'une trentaine d'années qui ne lâchait pas sa valise en buvant son café-crème, C'est simple, vous prenez l'autocar, ligne 815, vous descendez à l'arrêt Roussillon. Elle a prévenu le chauffeur : Je descendrai à — Goupillon.

Le chauffeur a dit, Pardon ? Et puis, placide, Bon, d'accord.

La jeune femme qui semble anxieuse s'est assise près de la vitre. Elle regarde la forêt. Elle bouge à peine. Quand elle parle ce n'est pas comme les gens d'ici. Dans l'hôtel où elle logeait, on a cherché à se renseigner, Vous venez d'où ? Chaque fois elle a répliqué, Oh, de là-bas, de la vallée. S'adressant au chauffeur du car elle aurait pu hésiter un moment, Je descendrai à Botillon ou Moinillon ou Tourbillon. Le chauffeur aurait compris, ça ne pouvait être que l'arrêt Roussillon.

Les arrêts, il les connaît par cœur. Rien n'est indiqué au bord de la route. La forêt n'est pas interrompue par un abri de ciment et de tôle. Pas même un simple écriteau. Les bois. Des arbres et encore des arbres. Des feuillages vert foncé, parfois un bouquet vert pâle. Et le cri d'une bête apeurée.

La femme, encore inquiète, tapote du doigt son sac brodé. Au coton rouge et jaune. L'agence s'est acquittée de sa charge, Vous répondez si on vous interroge mais juste à la question posée. Ces dames de l'arrêt Roussillon n'apprécient pas les bavardages.

Ces dames de l'arrêt Roussillon ont promis un bon salaire. Vu le prix qu'elles proposent Magdelene est prête à brosser frotter astiquer tous les jours y compris le dimanche, laver le dallage et cirer les meubles. Nous ne savons pas – lui a-t-on dit à l'agence – ce qu'elles exigeront de vous mais sûrement rien qui ne soit ordinaire. Elles se font livrer leurs provisions. Elles souhaitent se décharger des tâches quotidiennes. Ménage, cuisine et lessive.

Les freins ont grincé, Magdelene est descendue. Devant elle ces deux femmes plutôt maigres, aux noms de Myrielle et Rose. Mains tendues comme si elles désiraient insister sur l'accueil charitable d'une chômeuse en quête d'emploi. En quête d'un brin de sympathie. Vous êtes Magdalena ? Magdalene ou Magdalena mais c'est Lena qu'on m'appelle. Bon, prenez le sentier, avancez.

Myrielle avait répété – à qui voulait bien l'entendre mais peu de gens dans ces parages se bousculaient à l'écouter – qu'il leur fallait une femme solide, une femme de cette région, là-bas. Ces femmes de là-bas, disait-elle, on peut leur faire confiance. Lena ne paraissait pas très énergique. Rose l'observait avec quelque suspicion. Pourtant l'idée venait d'elle : une domestique à temps complet, logée nourrie, qu'on aurait toujours à portée de voix.

Myrielle et Rose vivaient depuis des années en bonne harmonie. Le bruit courait qu'elles étaient lesbiennes. Soudain elles avaient résolu, possédant ensemble cette grande maison des bois, d'en tirer quelque profit en y aménageant des studios.

Les transformations effectuées pour la venue des locataires, le premier à se présenter fut le jeune homme qui prétendait ne pas aimer les filles, qui en souriant de travers déclarait nonchalamment, Ça crie tous les jours ça saigne tous les mois. Myrielle avait cinquante ans, elle ne saignait plus. Rose, ça lui arrivait encore mais pas régulièrement. Elle aurait pu dire au garçon qu'elle avait passé l'âge. Du sang mensuel. C'était pour elle un atout au jeu de la séduction mais qui l'aurait introduite dans le monde désolé des

« vieilles ». Lui avait à peine trente ans. Il est tombé amoureux du deuxième pensionnaire. Un garçon de dix-huit ans. De l'acné sur le menton, un gars qui jouait au poker.

Ils étaient engagés pour la saison des lavandes chez le même propriétaire. Ils conduisaient les faucheuses. Les champs violets se dénudaient, devenaient jaunes. Le soir on prenait le frais sous la véranda en battant les cartes.

Vers la fin de leur séjour – quelques semaines – et tandis que Myrielle s'efforçait encore de marquer des points dans le traitement de leurs hôtes (douceur du ton, menues prévenances, motte de beurre au petit déjeuner), Rose savait déjà la partie perdue, ne se sentant pas de force à rivaliser avec un garçon qui sous le soleil voyait disparaître ses boutons. Le plus âgé des pensionnaires, son contrat rempli, a décidé de rentrer au pays, il a voulu emmener l'autre et l'autre s'est laissé tenter, ils sont partis sacs au dos. Après avoir réglé la note. Et après un banal merci.

Une fois dépensé l'argent des lavandes ils ont cherché du travail. Avec son jeune compagnon — imberbe et niais, c'est ce que l'aîné a bientôt proclamé — ils retapaient les pièces des voitures à la casse. Ça n'a pas duré. Ils se sont séparés. Lena était au courant de l'histoire.

Elle a dit (Magdelena), L'un d'eux était Yann, mon ami d'enfance. Il se plaisait chez vous. J'ai pensé que peut-être — Et lorsqu'on m'a convoquée à l'agence — Puisque là-bas l'embauche est rare — Oui, Yann m'avait parlé de votre logis dans les bois. À l'arrêt Goupillon. Rose l'a reprise, À l'arrêt Roussillon.

Lena est souple et légère. Discrète elle s'est éloignée d'un mouvement gracieux. Tiens, a soufflé Myrielle, elle s'embrouille dans l'adresse mais elle nous connaît déjà. Par son ami. Elle aura su qu'on demandait — C'est lui qui l'envoie, dit Rose. Il va revenir, il prépare le terrain. Elle interroge, Yann vit toujours avec son copain, ce pauvre mec ? Magdelene a ri, Oh non, il en a eu vite assez du jeunot et du poker.

Dans la maison de la colline, au-dessus de l'arrêt Roussillon, la tâche n'est pas rude. Myrielle et Rose n'ont pas trop d'exigences, bien sûr tout doit être propre mais il n'y a pas de clients cette saison. Elles remuent peu, ne salissent guère, font leurs lits (une vieille habitude) feuillettent le *Nous les femmes* hebdomadaire, grignotent des menus frugaux sans graisse et sans dessert. Quand Lena commence son murmure elles tendent l'oreille. C'est que Lena a coutume de bourdonner lorsqu'elle s'active, un flot de mots juste distincts qui accompagnent sa besogne. On se cause à soi-même. Comme si, dans un monde difficile, on s'offrait quelque compagnie, Maintenant je vais astiquer les cuivres, où ai-je fourré le chiffon doux, faudrait que je pense au souper, ces dames veulent en entrée une quiche aux champignons.

L'employée de maison hésite. Là-bas, les champignons, on les grille, Yann les adorait comme ça avec une pincée de coriandre, sa mère lui en a donné le goût dès son jeune âge, il a dit, Lena, quand on vivra ensemble on en mangera plein nos assiettes.

Mais Lena n'est pas certaine de vouloir épouser jamais ce gars homosexuel à ses heures et qui n'a pas de vrai métier.

Les fleurs s'ouvrent dans le jardin, les zinnias, le jasmin, des légumes y prospèrent, courges, concombres, tomates, une pomme de terre spéciale qui se nomme kumora et est un peu sucrée. Lena l'a écrasée dans la soupe. Les deux patronnes ont jugé que c'était écœurant. À vomir, disait Rose. Non, ne vous fâchez pas, Magdelene. On évitera de vous laisser le choix du menu pour les repas.

Les champignons. Lena s'inquiète, Elle marmonne, Les mettre à dégorger ? Dégorger égorger, dit Rose. Des mots de chair et de sang. Lena dit encore, coupant le rumsteak qui suivra la quiche, Je tranche, ça saigne.

Le couteau fait un drôle de bruit.

Cet emploi, elle est résolue à le conserver, elle n'a plus le temps de penser à ses lunes, oublie de se garnir, son slip est mouillé, sa jupe tachée. Rose l'observe. Un jour Lena lui parle à nouveau de son ami d'enfance. De ses projets de mariage et elle ne sait trop quoi répondre. Ce gars est fou a dit Rose d'être amoureux d'une débile. Pas mal tournée. Mais imbécile. Et qui saigne.

Il disait, Beurk —

Lena a eu des règles abondantes, elle ne saigne plus. Elle se munit de serviettes hygiéniques aux dates où elle devrait saigner – rien n'arrive. Rose fouille la poubelle, y retrouve les serviettes intactes. Rose tient des comptes, peut-être que Lena attend un bébé. Qui serait l'enfant de Yann. Rose surveille le ventre de Lena. Parfois elle croit voir un léger renflement. Quand Magdelene s'est sentie obligée d'absorber les reliefs du dîner.

Rose réfléchit et s'y perd. Un homme qui reviendra dans six mois comme saisonnier pour couper les lavandes. Une femme enceinte. De lui. Ou bien ? Une femme ménopausée à trente ans ça existe ? Un mâle qui veut une épouse mais qui ne veut pas de sang. Rose est fébrile. Cet homme est sa dernière chance. D'échapper au désenchantement. D'échapper à Myrielle aussi.

Il faut du sang. Un vent de folie souffle sur la maison des bois. Dans le sang il y a Lena, non, de Lena jaillit un flot de sang et quand Rose dort d'un sommeil agité elle entend dans ses cauchemars l'homme accablé qui marmonne, Beurk, ça saigne.

Profitant de son jour de congé Lena descendra jusqu'à l'arrêt de l'autocar entre un pin et un cyprès tordu. Elle doit obtenir du chauffeur les horaires de la saison prochaine. On lui a enfin proposé du travail dans sa région. Elle s'ennuie, elle va épouser son ami. Elle le connaît, ça ira. Myrielle l'a persuadée de rester quelques mois de plus. Eh bien, disons jusqu'au printemps. Myrielle et Rose l'accompagneront dans la traversée des bois. Un signe du bras levé. L'autocar s'est arrêté, personne n'en sort, personne ne monte. Le chauffeur a fourni les horaires. Le car s'éloigne à grand bruit, un vieux modèle qui ferraille. Magdelene a ouvert son sac, elle y range le papier du chauffeur. Elle dit, Ce sac est joli mais pas trop solide. Yann me l'a offert pour un de mes anniversaires. Ces bouts de coton de couleur font un peu négligé. Myrielle n'écoute qu'à peine. Elle ne s'est pas étonnée lorsque, avant de partir – déjà Lena s'engageait sur la pente – Rose s'est attardée dans la cuisine.

En remontant le sentier la main que Rose gardait sous sa cape apparaît devant sa poitrine. L'éclair d'une lame.

Rose a frappé. Lena tombe. Rose se baisse et frappe encore.

Le couteau fait un drôle de bruit.

Voilà. Je vous ai rapporté cette histoire à ma façon. Max, lui, aurait écrit, *Drame de la jalousie*, puis exposé l'événement en cinq lignes. Le rédacteur en chef revenu de voyage a braillé, Trois colonnes pour cette femme de là-bas alors qu'on a besoin de l'argent des annonces — Il m'a virée.

Je n'ai rien inventé. Myrielle a confirmé.

Ça s'est passé à l'arrêt Roussillon.

Quartiers d'automne

Promenade-danse. Danse-promenade. Le parc est vert. Quatre danseurs ont monté un ballet. Pas vraiment un ballet, des séquences. Ici et là.

Il y a notre petite Ida.

Pelouse. Arbres. Un épicéa. Un sophora-pleureur. Un saule.

Il y a Josef. Il y a moi (Louise). Il y a le grand chef : notre chorégraphe.

Et puis la foule des spectateurs. Pas une foule. Un groupe compact. Et attentif.

Je mime avec Josef une danse amoureuse. Je lui dicte ses pas. Je vais jusqu'à pousser sa jambe dans la direction que j'ai choisie. Puis il fait de même. C'est amical et tendre. Manœuvres de séduction.

Josef s'incline lentement. Soudain il bondit, prend ma main, la presse. Josef je l'aime bien. Ida l'adore.

Les spectateurs s'assoient dans l'herbe. De l'autre côté du chemin.

Le chorégraphe est à genoux sur la pelouse en pente douce. Pour les gens rassemblés au bord de l'allée il est très nettement visible, il remue un tas de feuilles mortes que les jardiniers ont déposé là. Un tas de feuilles pas de saison. Ça dure. Éviter la précipitation. Cailloux blancs qui forment une rosace. Jardin zen.

Des oiseaux se posent sur la haie. Le nuage là-haut s'est accroché au toit du building de la grande avenue. Hors du parc. Hors programme (le nuage). Aléatoire (festival Quartiers d'automne).

Les danseurs d'ordinaire se couchent tard et ne savent pas se lever tôt. Cependant tous les trois (quatre, deux femmes deux hommes en comptant le chorégraphe) étaient là juste à l'heure. Pour une ultime répétition dix minutes après l'ouverture du parc. Où donc a couché Josef cette nuit puisqu'à présent il vit très loin d'ici ? Couché Josef a cette nuit où ? Cette nuit Josef couché où a ? Arrête, Josef. Je t'en prie arrête tes plaisanteries débiles.

Ida dans le studio repeint à neuf (qui appartient à sa cousine Armelle) voulait accueillir Josef. Voulait très fort. Pour une nuit. Pour deux nuits. Pour longtemps. Il a dit non. Josef se débrouillerait. Même si les hôtels affichaient « complet », normal en cette saison. L'équipe du festival n'a pas été avisée qu'on devait lui fournir un lit. À Josef. Ce Josef qui danse dans le parc. Qui s'affale sur la pelouse. Paraît tomber au hasard mais tombe comme il entend tomber. Marquant sur l'herbe une forme blessée que Louise (moi) et la petite Ida s'appliquent à souligner de bâtons guère plus longs que des crayons traçant habilement une silhouette. Lorsque Josef se relève, le chorégraphe (chef suprême) la remplit de copeaux de bois et devant les spectateurs s'étend la forme sombre d'un homme endormi. Josef a passé la nuit dans la salle d'attente de la gare, probable, couvert du vieux châle de sa mère. Ça ne l'a pas empêché de danser. Il a fait de bon matin ses assouplissements, ses exercices. Le clochard allongé sur un banc le regardait sans mot dire et après a dit, Y en a qui. Et puis il a bâillé.

Danse, Ida, danse.

Louise (moi) danse. Et danse encore.

Le chorégraphe a invité ses partenaires au restaurant pour déjeuner. Ida prie qu'on l'excuse, trop fatiguée, elle mangera deux biscuits. Louise (moi) ouvre de grands yeux et s'exclame, Ida d'ordinaire est affamée après l'effort, Louise l'admoneste, C'est nécessaire de se nourrir avant de reprendre une nouvelle séquence. Ida déclare qu'elle n'a pas faim. Qu'elle se reposera sous les arbres (épicéa, sophora, saule).

Sa famille n'est pas venue au parc. N'a pas souhaité la voir exécuter ses jetés battus, ses glissés. Ce soir elle ira se réfugier dans un studio solitaire, Josef s'étonne, Ida lui a dit souvent qu'elle habitait chez Armelle. Inexact. Armelle quand elle est en tournée lui prête son appartement. Plus grand que le sien et plus confortable. Josef, tu viendras ? propose encore Ida.

Les danseurs ont peu de mots pour dire. Ils ne commandent guère que leurs gestes. Les gestes parfaits de Josef n'ont rien répondu à Ida. Les mots auraient sans doute avoué que Josef préfère la nuit rôder à loisir dans la ville, y chercher d'autres aventures.

Louise (moi, j'insiste) arrondit les bras, danse fluide. Puis le mouvement se dramatise, se casse, devient presque une menace. Mais non. Josef d'un jeu qui part de la hanche inscrit de la douceur dans une rude colère. Oh Josef, murmure Ida.

Apparaissent les écriteaux qu'en terminant les danseurs piquent dans le sol, sous les arbres parmi les fleurs. C'est inscrit sur le métal. *Poursuivez Reprenez après la pause Continuez jusqu'à épuisement Recommencez l'exercice.* Non, ne recommence pas, veux-tu. Les spectateurs applaudissent. Peut-être qu'ils n'ont rien compris.

L'homme a jailli d'un buisson, il s'empare d'un écriteau, à son tour le plante dans l'herbe. Il tire au hasard deux coups de revolver. Hurlant, Josef.

Les balles se sont enfoncées dans le tronc de l'épicéa. Les spectateurs s'effarent. Un instant ils ont dû croire que la scène finale faisait partie du spectacle. Juste un instant puis ils ont fui. Le ciel est immensément bleu. Josef se réfugie derrière le saule trop grêle, l'homme au revolver tergiverse, gémit, soudain le vise. Ne tire pas. Plante un écriteau de plus. Retournant vers lui son arme se loge une balle dans la poitrine. Sur l'écriteau est inscrit *Il n'y a pas d'amour heureux.*

Un gardien a prévenu la police. On entend mugir une sirène. Le sang coule. L'homme est étendu à terre, jeune et beau, un désespéré. La petite Ida sanglote. Les pleurs tombent sur son tee-shirt. Louise prétend qu'elle va le gâcher. Louise ? Pourquoi hésiter ? Toujours moi.

Moi. Qui en ai assez de danser maintenant.

Les acteurs du festival sont habillés par *Emmanuel.*

Le tapis du salon

III

Ils lui ont ordonné de se placer contre le mur. Et ils

Elles disent, Ce n'est pas que ça nous intéresse vraiment, ce n'est pas qu'on aime les commérages, chacun est libre de vivre à sa guise tant que ça ne cause d'ennuis à personne.

Elles disent, Mais ce n'était pas naturel que la lumière soit allumée dans la chambre du second quand on savait que l'ingénieur était parti à la ville pour discuter avec le comité de la mise en service des silos. Sa femme le suivait dans ses déplacements et comment lui donner tort les hommes étant ce qu'ils sont, les maris fidèles se dénombrant sur les doigts d'une seule main au bourg où le sens moral se perd comme la religion.

Les silos ? Ça vous plaît à vous les silos ? Ce fer et ce béton dans le champ où nous allions le dimanche nous asseoir avec chère maman et bavarder à l'ombre de la haie. Ces heures bénies de l'enfance, mes sœurs, vous vous en souvenez ? Les goûters de pain et de figues, le livre que maman lisait à voix haute soudain s'interrompant, Maintenant répétez ce que je viens de dire. Nos peurs délicieuses lorsque les petites bêtes des herbes grimpaient le long de nos jambes. Nous les retournions sur le dos, elles gigotaient affolées tendant et repliant leurs pattes minuscules *Coccinella septempunctata de coccinus, écarlate, surnommée la bête à bon Dieu*, on n'osait pas leur arracher les ailes dans la crainte du péché, la peur du sacrilège, quand le soleil trouait le coton sale du ciel, étalant une rivière dorée en travers de notre prairie. Rentrées à la maison on essaierait de fixer le ciel et le champ en une aquarelle délicate, D'abord prends ton crayon. Le goût du bois qu'on mordait en s'agitant – Tiens-toi tranquille – le balancement de la chaise. L'odeur fade de la soupe au pain.

L'odeur piquante de la poudre quand les soldats ont tiré

À présent voilà le champ défoncé par les bulldozers, l'ingénieur ayant trouvé que c'est l'endroit idéal pour la construction des silos.

Elles disent qu'il serait donc revenu de la ville comme d'une visite à un ami. Ainsi elles n'ont rien surpris de ses manœuvres ayant cependant toutes les trois l'ouïe fine et la vue perçante même Aliette malgré le kyste qui lui déforme la paupière, qu'elle devra se décider à faire enlever, aussi gros qu'un haricot creusé d'une cuvette jaunâtre au centre et rosée tout autour.

On voyait briller une faible lumière derrière les vitres de la maison d'en face au temps où l'étudiant le soir se penchait sur ses livres puis il a suspendu aux fenêtres des rideaux épais, c'était la consigne.

L'ingénieur a garé sa voiture. À pas lents il soutient son épouse. Elle a besoin de repos après une mauvaise grippe qui l'a tenue au lit plusieurs semaines. Déjà le mois dernier elle était blême, anémique, pointant son ventre de femme enceinte sans le dissimuler sous un manteau cloche ou taillé en trapèze, les boutons de sa veste hors d'atteinte des boutonnières. Ne devrait-elle pas s'habiller décemment, s'équiper en vêtements appropriés à son état, elle n'hésite guère à dépenser beaucoup d'argent afin de s'offrir du confort. Elles disent qu'en écoutant Margot, leur employée de maison qui travaille aussi chez l'ingénieur pour payer ses oripeaux – il lui en faut toujours de nouveaux, des corsages fleuris des jupes larges aux chevilles qui se tendent sur ses énormes fesses – elles ont su que dans la cuisine il y a un percolateur, que la salle de bains est moderne avec un double lavabo et un séchoir électrique. Mais Marguerite, le salon ? Ont-ils des meubles de style, du Louis-Philippe, de l'acajou anglais ? Margot dit qu'à droite est un guéridon avec un grand vase bleu toujours garni de fleurs, de l'aubépine, du fuchsia. En papier ou en tissu.

L'étudiant allait à des cours – ou à ses affaires. Il réapparaissait en fin d'après-midi. Ressortait parfois à la nuit tombée.

Margot dit que l'ingénieur et sa femme s'embrassent, se cajolent. Monsieur rapporte à Madame un tas de jolis cadeaux. Elles disent qu'à part Margot l'innocente chacune voit clair dans le jeu du mari, il cherche à séduire la grande blonde que le vieux Jarles qui perd un peu la tête vient d'engager pour l'aider dans sa pharmacie. Les trois sœurs ont vu l'ingénieur sourire à la pharmacienne qui lui vendait de l'aspirine, on doit se rendre à l'évidence c'est un sourire qui en dit long. Quelqu'un les aura rencontrés dans un café, sur les pelouses du parc ou encore au cinéma, pas de fumée sans feu, quand un bruit court ce n'est pas sans raison. Des gens dans le bourg ricanent en parlant de monsieur l'ingénieur, d'autant que pour les silos les avis sont partagés, la moitié des contribuables s'interrogeant sur leur utilité et la perte du champ n'en est que plus cruelle lorsqu'on a vivante en mémoire la voix ferme de chère maman, Prenez votre ouvrage, mes filles, nous passerons quelques heures dans la nature apaisante. Et c'était derrière la haie l'occasion d'un doux cœur à cœur. Tordant un brin d'herbe haute on confessait à chère maman les peccadilles de la semaine, J'ai déchiré mon tablier, Moi j'ai grappillé du raisin, J'ai été inattentive pendant le cours d'instruction civique. Et maman de soupirer, Ah les bonnes petites, si franches et si droites, ses yeux brillant de plaisir, ses mains agiles sur sa broderie.

Remarquant les « dimanches et fêtes » le manège de l'ancien voisin, l'étudiant au bord du trottoir lorsqu'elles rentraient, adossé à la porte, contemplant sur arrière-plan de ciel le clocher de l'église, d'un geste réparant adroitement le désordre de ses cheveux bouclés comme s'il avait deviné que la porte close on l'épiait, le front aux vitres.

Elles disent, Un jour l'ingénieur a été le nouvel occupant de la maison d'en face. Elles n'ont pas tardé à le savoir, habituées à guetter assises sur leurs chaises contre la croisée, et à saisir du coin de l'œil – les doigts toujours tricotant – la moindre agitation de l'autre côté de la rue. Le voisin va sortir chargé d'un sac de détritus qu'il déposera dans la poubelle, la pelote a roulé sous le fauteuil on oublie les camisoles de l'hiver et alors on pourra voir en surprenant l'ingénieur à l'instant où il lève la tête qu'un remords trouble sa conscience, qu'il tient sa femme enfermée redoutant ses plaintes et ses larmes lorsqu'elle apprendra sa liaison avec la pharmacienne, ou entendra chuchoter que des erreurs ont été relevées dans les calculs de l'ouverture des trappes, les silos on n'en veut pas, tout allait bien dans le bourg autrefois, les pauvres étant généreusement secourus par les associations qui nourrissent les chômeurs mais à présent les ouvriers font les fiers réclamant de gros salaires et non pas la charité.

Qu'en penserait l'étudiant qui ne cessait d'évoquer un monde sans maîtres ni esclaves mais peuplé d'hommes fraternels ce soir-là étant venu emprunter à chère maman quelques morceaux de bois sec, on l'avait prié de s'asseoir on lui avait servi une tasse de tisane, il avait discouru longtemps et toutes trois l'écoutaient rougissant pâlissant — Chère maman plus tard assurerait que les parlotes n'étaient qu'un prétexte, les bûches une bonne occasion de revenir courtiser l'une des filles, les deux autres avançant une question inconvenante, Pourquoi elle et pas moi ? Comment espérer mes petites vous marier toutes trois en même temps, et je vous souhaite un meilleur parti, cher papa vous a laissé en héritage une jolie fortune que je gère avec soin, il serait regrettable que la dilapide un jeune homme sans situation.

Elles disent que chère maman s'est toujours montrée sage et que chacun la respectait. Personne n'aurait alors osé leur dérober le champ. Il a fallu cet étranger pour courir au chef-lieu, exiger une réquisition, on l'a vu préparer son arnaque, montant descendant le chemin en prenant les mesures du champ, on l'a étroitement surveillé par la lucarne du grenier il aurait pu tomber dans le buisson d'épines noires, la blessure se voit à peine, ce n'est rien il hausse les épaules, il mourra d'une infection, la veuve touchera la prime de l'assurance, bien des épouses se consolent aisément quand la mort de leur mari leur rapporte un capital parce qu'un homme juge toujours sa femme trop dépensière. Tu ne vas pas me dire qu'il ne reste rien de l'argent du mois, nous ne pouvons continuer à vivre au-dessus de nos moyens, cher papa se mettait en colère, la veine de son front bleuissait, du poing il tapait sur sa cuisse. Il coupait lui-même en lamelles la tranche de bœuf du pot-au-feu et contrôlait les achats d'épicerie. Après sa mort chère maman a vite pris l'habitude d'acheter des gâteaux chaque dimanche, Aliette, tu te souviens des babas, des éclairs, des frangipanes, nos lèvres sucrées nos langues plongeant sous la croûte des brioches dans la douceur des crèmes anglaises, nos dents blanches croquant les pralines. Des orgies de friandises qui ne nous brouillaient pas le teint. Comme il est triste de vieillir. Toi Flavie tu n'as pas à te plaindre, mais moi avec mes varices —

Elles disent qu'elles ont entendu des pas durant la nuit allant et venant sur le trottoir, qu'elles ont écarté les rideaux de leurs chambres sur la rue et observé l'ingénieur qui marchait devant la maison puis jusqu'à la place de l'église et se retournait brusquement dans la flaque de lumière au néon. S'il a des insomnies ce n'est pas sans raison, sa double vie lui cause du souci. Il sort d'un paquet une cigarette, encore un intoxiqué et un de ces imprudents qui jetteront un soir l'allumette dans le soupirail d'une cave pleine de vieux journaux et de boîtes à chaussures, un de ceux qui ont perdu le sens du devoir envers leur prochain. On suppose qu'il ne s'est pas gêné pour se constituer un magot aux dépens des actionnaires quand il dirigeait la construction des silos, c'était facile de tricher sur le prix des matériaux, couler un peu moins de béton que prévu, doubler sur le papier le nombre des heures de terrassement.

Sa femme a commandé cet automne un tapis pour le salon, elle n'a pas tort de se hâter de dépenser l'argent du ménage avant qu'il n'offre des fourrures à la pharmacienne aux yeux de charbon, minaudant, Monsieur Barcellois prenez une pastille à la résine de pin, attention aux maux de gorge par ce vilain temps brumeux. Du tapis neuf Margot a fait toute une histoire, il faut le brosser chaque matin, l'aspirateur étant trop énergique, et comme les dessins sont jolis ! Le point noué, Madame lui a expliqué, vous passez une laine vous nouez vous coupez, recommencez cent mille fois. Elles disent que Margot la stupide n'a pas réussi à savoir combien a coûté cette merveille mais elles s'en informeront habilement au magasin, déclarant qu'elles aimeraient acheter un tapis comme ceci et comme cela, et le marchand, J'en avais un le mois dernier je l'ai vendu à un client qui en est enchanté. À ce prix-là rien d'étonnant. Vous dites ? Combien ? Oui, à ce prix —

Il n'y avait pas de tapis chez l'étudiant. Alors qu'il était à ses cours (à ses affaires ?) on voyait par la fenêtre le dallage usé, nu et gris.

Voilà donc pourquoi l'ingénieur a dépassé les crédits quand il a construit les silos. Ce tapis, il a autorisé sa femme à l'acheter pour se pardonner de lui être infidèle. Son argent il pourrait l'employer à créer de l'ouvrage pour les peintres en bâtiment. Non, il a soudain décidé de blanchir lui-même sa maison. Un dimanche, comme la messe sonnait, il a traversé la place traînant une échelle, en cotte de toile et col ouvert. L'abbé – le nouveau qui ne porte pas la soutane mais un complet-veston râpé – sourit avec indulgence répétant à qui veut l'entendre que tout effort est une prière. Madame ne vient pas à la messe, elle ne quitte guère son lit avant midi. On ne l'a pas vue cette semaine, on a pourtant inspecté la rue collant le nez à la vitre à chaque bruit de barrière, que ne va-t-elle à ses courses, ça éviterait le défilé des fournisseurs qui pénètrent dans le jardin, déchargent leurs marchandises à l'entrée de la cuisine et repartent en klaxonnant au volant de leurs camionnettes sans égard envers les voisins. Elle ne sort plus, son mari la séquestre ou bien elle se cache pour pleurer depuis qu'elle sait qu'il la trompe, c'était urgent qu'elle en soit prévenue. C'eût été certes maladroit d'user de paroles brutales pour lui apprendre une infortune qu'elle ne semblait pas soupçonner, étant avertie par une lettre de la trahison dont elle est la victime elle a jusqu'ici dérobé aux regards apitoyés sa confusion son chagrin. Non elle ne découvrira pas qui a envoyé le message chaque syllabe étant découpée dans le bulletin paroissial en pile à l'entrée de l'église où il est écrit qu'il serait souhaitable qu'une offrande soit déposée dans le tronc de la fête des missions.

Quel travail délicat, puis-je écrire *pratique l'adultère* ou *se livre à l'adultère* passe-moi le gros dictionnaire. On a pris *adul* dans *adultes 15 €, enfants demi-tarif* (billet d'entrée à la kermesse) et *tère* dans *Mystère de la Sainte-Trinité*, on assemblait les mots la colle poissait les doigts.

L'officier n'a fait qu'un signe et l'étudiant tournant la tête a reculé vers la maison.

Elles disent que dans le quartier ce couple est cité en exemple, mais parfois on se moque. Elles disent, Cette femme, dans son état la promenade au grand air lui serait profitable, on lui montrerait de la sympathie, parlant haut chez l'épicier le boulanger, Servez d'abord madame Barcellois elle doit ménager ses forces, on lui conseillerait de manger pour deux, de ne pas se fatiguer en travaux domestiques, un traiteur livrera les poulets tout rôtis. Elles disent et redisent entre elles, Souviens-toi de notre mère si ardente à nous enseigner l'art de tenir une maison, fabriquant la pâte à polir les cuivres, étuvant les conserves dans la bassine de zinc, tu n'as pas déjà perdu la mémoire des jours heureux, les mardis de grande lessive quand chère maman prenait l'initiative de rafraîchir le linge des trousseaux jaunis, sans doute elle eût aimé que son aînée se marie. Les autres suivraient. Il faudrait partager les pièces d'or cachées sous l'escalier, les titres de rente et les couverts gravés dans le buffet de sycomore, les trois filles épousant trois frères qui auraient présenté leur demande le même jour. Avocat ? Professeur ? Chirurgien ? Il n'était pas tombé tant d'hommes dans cette guerre.

Il en tomberait un de plus, très beau très jeune encore, juste en face sur le trottoir dans un petit matin bruissant de l'envol soudain des pigeons au dos d'ardoise, au ventre pâle, dont le nombre diminuait sans cesse, les gens du bourg les attrapaient, les étranglaient pour nourrir les chiens. L'un d'eux, repliant ses ailes, s'est posé à peine un instant sur l'épaule de l'étudiant.

Elles disent, On nous a spoliées, elles disent, C'était notre champ. Elles disent qu'elles avaient songé à le louer pour les colonies de vacances, un placement d'un maigre rapport mais chacun de bon gré accomplit son devoir envers l'enfance déshéritée. L'ingénieur aurait cherché un autre terrain pour construire les silos. Maintenant tous les cultivateurs vont mettre leur grain dans les silos, le bon le mauvais, si ça pourrit ils s'accuseront mutuellement d'avoir gâché la récolte. L'ingénieur s'en fiche, quand les silos seront prêts il s'en ira avec tous ses bagages, le vase bleu en albâtre, le tapis du salon, ne laissant derrière lui que désordre et colère. Chère maman avait raison de se méfier des idées nouvelles, demeurant fidèle aux traditions, prônant l'application des principes et des lois, se refusant aux changements fortuits, elle craignait tant les révoltés, des sauvages.

Entre les fenêtres d'en face l'étudiant poussé contre le mur d'un revers de bras impatient, de l'autre main l'officier désignant deux des soldats.

Ce matin Margot a frappé à la porte de la maison d'en face, elles l'ont observée par le trou en forme de cœur dans le volet de la cuisine, l'ingénieur a ouvert, il était en pyjama, il a dit, Vous ne ferez pas le ménage aujourd'hui, Madame est encore malade, le bruit la fatiguerait. Margot jure qu'elle a distingué dans le clair-obscur du salon une tache sur le tapis. Elles disent qu'une heure après elles ont vu le mari entrer à la pharmacie vêtu de son beau costume. Il paraît que le médecin est venu deux fois pendant la nuit, elles n'en croient rien leur sommeil est léger elles l'auraient entendu. Elles disent, En voilà une histoire, cette femme qui attend un enfant, d'autres avant elle — Ça n'a rien d'un malheur et non plus d'un miracle.

Margot a raconté que la femme de l'ingénieur s'est levée, a eu la force de remplir ses valises, qu'elle a choisi le rôle de l'épouse affolée de chagrin, qui s'évanouit dans l'escalier.

Réfléchissons. On peut imaginer comment ça s'est passé. Rentrant de la ville il est dans le couloir, elle se hasarde sur le palier, elle menace de lui lancer quelque lourd objet à la tête, elle le fera, il n'en croit rien, il va vers elle il dit, Ma chérie, repose-toi. Elle tremble elle chancelle. On a entendu le bruit, comme des chocs en cascade.

Déjà les soldats dégageaient de leur épaule la courroie du fusil, on a vu tomber le gant de l'officier et l'étudiant contre le mur sortant de sa poche un peigne et se coiffant.

Elle est sur le sol, elle est à sa merci. C'est alors qu'il l'a emportée vers le divan du salon. Avec une feinte douceur comme s'il n'avait pas là-haut étendu le bras provoquant la chute. Margot parle avec animation de fausse couche, d'hémorragie, la sage-femme arrivant trop tard. Appelée trop tard. Elles n'ont pas oublié comme les gens jasaient lorsque pauvre maman est morte. Par chance la chérie avait pour médecin un vieil ami de la famille à qui on offrait chaque automne deux bouteilles d'un alcool choisi avec soin dans la réserve de cher papa, un homme de bon sens ce toubib, qui n'a pas hésité à signer le permis d'inhumer. C'était au début du printemps, des primevères avaient fleuri au ras de la haie du champ le jour où a été mise en terre pauvre maman endormie par la morphine en triple dose. Qui aurait eu le cœur de la condamner à souffrir plus longtemps, gâteuse et incontinente comme elle était devenue, à la merci d'une infirmière maussade et obstinée, elle autrefois jalouse de son autorité ? Rien ne prouve que l'ingénieur n'a pas monté de sa cave une caisse de champagne ou un fût de vin blanc pour que le praticien ne fronce pas le sourcil, ayant découvert sur le bras raidi l'ecchymose laissée par une main brutale, et le mari expliquant qu'il a tenté d'arrêter la chute, mais sa malheureuse épouse lui glissait entre les doigts, glissait roulait.

Elles disent qu'elles ne sont pas sûres maintenant après tant d'années d'avoir entendu le pas de l'étudiant lorsque le soldat a ouvert la porte mais qu'elles se sont regardées, Flavie observant Aliette, Aliette surveillant Maud au visage tendu vers Flavie, ensemble tournant la tête pour fixer des yeux chère maman penchée sur un point de feston. Le bruit courait dans le bourg que des lettres anonymes atteignaient chaque jour le chef-lieu, dénonçant ceux qui résistent.

La tendre madame Barcellois, si bonne et la voilà partie. Il l'a poussée avec tant de violence que la chute a été fatale. Le village l'a conduite au cimetière ce matin, son cercueil a traversé le bourg couvert de fleurs qui ne dureront pas même un jour un vrai gâchis par ce vent qui vient de l'ouest. Elles ont déposé au pied de la tombe une gerbe d'iris artificiels barrée d'un ruban violet avec en lettres d'or *À notre chère voisine*, les convenances obligent, elles disent que les perles de verre font plus d'effet que les perles de celluloïd, elles disent que l'ingénieur montrait sans pudeur des signes d'affliction mais c'est évident que pour lui tout s'arrange, il ne voulait pas de l'enfant ayant l'intention de rompre son mariage on ne pouvait en douter quand on le surprenait penché vers la pharmacienne au-dessus du comptoir, ces deux-là on les verra bientôt abriter leurs amours sous le toit de la morte dans ses meubles, pauvre âme. Il aura frotté la tache du tapis, une tache de sang, Margot l'a dit, dans le chatoiement du velours.

Le ciel était d'or et de braise au bout de la rue derrière l'église en cette aube d'un lointain hiver lorsque les soldats ont tiré, on a vu le trottoir rayé de rouge, on osait à peine contempler plus haut la blancheur de la chemise, les soldats l'ont touché au ventre, l'étudiant était encore propre et net jusqu'à la taille.

Elles disent que tout bien réfléchi on aurait tort de se figurer qu'elles gardent rancune à cet homme à cause du champ. Volé afin d'y bâtir les silos. Elles se réjouiraient les premières de les voir mis en service si elles croyaient à leur utilité pour la prospérité du bourg, elles n'y croient pas, cher papa aurait dit, Foutaises, et chère maman pincé les lèvres. Elles n'auront jamais de récoltes à engranger, elles désiraient, c'était leur droit, flâner à loisir dans le champ, écouter le vent froisser les herbes hautes, suivre le treillis qui s'étire en losanges et le soleil toucher de leurs mains la pourpre des digitales. Les souvenirs on les prend on déroule on dévide, tant de fils s'entrecroisent on suit l'un et puis l'autre on n'en finit jamais.

Elles disent, Aliette et Maud et Flavie, que l'ingénieur cachait son jeu, simulant une grande tendresse quand il a fait entrer sa femme pour la première fois dans la maison d'en face, celle qu'on appelait encore la maison de l'étudiant qui pendant très longtemps était restée déserte. On ignore comment l'ingénieur a retrouvé le propriétaire et sans doute il lui paie un loyer dérisoire sous prétexte de murs humides. Elles disent qu'il l'aura bien mérité si tout le monde lui tourne le dos. Margot l'innocente raconte que Madame avait changé depuis qu'elle avait reçu une lettre en mots de papier journal. Ne parlant plus ne mangeant guère. L'ingénieur a demandé a Margot ce qu'était devenue la lettre, elle a répondu que Madame l'avait brûlée aussitôt lue.

Si l'étudiant vivait encore il serait vieux. Il a toujours vingt ans. Il est debout contre le mur on le voit en fermant les yeux.

Elles disent que sûrement l'ingénieur inventera des raisons de se disculper devant les gens qui le condamnent. Marguerite a déclaré qu'elle n'oserait plus désormais se présenter chez cet homme. Le voilà qui joue au provocateur, hier il était dans le jardin découpant avec des cisailles entassant dans le réduit aux poubelles quelque chose qui pourrait être le beau tapis du salon. Puis il a saisi un balai.

Chère maman a lavé le trottoir ce matin-là devant la maison d'en face. Elle a jeté sur les pierres l'eau des seaux qu'on remplissait à la fontaine. On protestait humblement on disait, Seigneur ce jeune homme au cœur généreux pourquoi t'en es-tu détourné ?

Aujourd'hui l'ingénieur a inventé un singulier moyen de s'imposer, renversant les pots de peinture pour le crépi de sa maison. Un moment silencieux, puis tapant du pied dans les flaques et soudain grimpant au pylône, de là sur le toit et hurlant. Elles disent qu'il se trompe s'il croit que lui suffit de proclamer son innocence pour qu'on le plaigne et l'approuve. Elles disent quelle mauvaise tenue. Les badauds rassemblés sur la place ne comprennent pas ses paroles. Elles sont derrière la fenêtre elles regardent et leur haleine trouble la vitre qu'elles essuient de la manche, elles disent qu'il se fera boucler. En prison ou dans un asile.

Elles disent que les gens du bourg devront enfin admettre que cette maison porte malheur, pourquoi s'y est-il installé avec elle, bravant le sort, se moquant d'un fantôme ?

Rappelez-vous, il y a vingt ans le conseil municipal proposait que soit scellée sur le mur une plaque de marbre gravée au nom de l'étudiant qui est tombé en combattant bien qu'il n'ait jamais tenu un fusil, c'était plutôt dans sa tête les grands projets les grands espoirs. Dans son esprit un amour caché, timide, qu'il avouerait bientôt. Chacune tremblait rien que d'y penser, chacune n'en pouvait plus d'attendre.

Encore un instant et l'autre sera là-haut, s'étant hissé jusqu'au faîte, essoufflé, blême, gémissant, tenant à la main un carré de papier, la dernière missive celle où est écrit le mot *assassin*. Et après ? À toi, dis, que va-t-il inventer ? Se pencher contre la cheminée, déchirant la lettre en menus morceaux qu'emportera le vent. Et crier. Crier très fort. Crier. Cette fois on a compris, il dit qu'il va sauter. Il ferait mieux de regretter ses fautes, à tout péché miséricorde, il se tuera sur le trottoir. On lavera les pavés. S'il veut sauter qu'il saute en voilà une histoire. Elles disent. Elles disent qu'il n'osera pas.

Mort d'un poisson rouge

Calme journée. Pas un souffle de vent.

Mélanie et Antoine sont au jardin. Ce pourrait être la première phrase du premier conte d'un premier livre de lecture.

Mélanie arrache une herbe folle. Antoine écrase du pied une motte de terre grasse.

Pas le moindre frémissement des rideaux à la fenêtre du salon qu'Antoine a ouverte après le petit déjeuner. Le jardin est entré au salon sous forme d'un bouquet de roses. Des roses sans épines. Que Mélanie vient de couper. C'est encore le matin.

Un matin si paisible.

Sur la table du salon, près du vase au gros bouquet, dans son bocal, le poisson rouge.

Jeanne et Vincent travaillent. Leur atelier vitré donne sur la cour. Tous deux fabriquent des poupées.

Ils ont des enfants qui n'aiment pas les poupées.

En une époque de surconsommation les enfants sont difficiles. Ils possèdent des monceaux de jouets, les maltraitent, s'en fatiguent vite. Les parents ont admis que cette abondance de sollicitations est propice à leur développement.

Non, dit Lola, j'ai pas envie de planter les arceaux du croquet.
Jouons au ballon, dit Stéphane.
Tu me l'enverrais en pleine tronche.
Alors jouons au docteur, ou bien à l'autobus.

Jeanne et Vincent aiment copier les artisans des temps anciens. Les poupées ont un air du passé. Pourquoi vous faites pas des robots, des monstres, des space invaders ? questionne leur progéniture. Jeanne et Vincent s'obstinent à créer des poupées. Et parfois des puzzles.

Mélanie et Antoine ont aussi des enfants. Leurs gamins et gamine – Théo, Jules et Maria – ne sont jamais satisfaits. Ils cherchent de nouvelles distractions. Dimanche dernier ils ont réclamé un poisson. C'est vivant c'est — Ont prié supplié. Et obtenu ce qu'ils voulaient. Le poisson rouge est dans le bocal.
Ils l'ont promis, ils le nourriront de daphnies séchées qu'on achète en petits sacs de papier fort chez le grainetier. Les parents ont décidé que les enfants seront pleinement responsables du poisson. À eux seuls de s'en occuper, de veiller sur lui, de changer l'eau du bocal.

Si on jouait au caillou caché ?
Ou bien à la dînette ?
C'est chiant.

Mélanie et Antoine sont assis sous la tonnelle. Antoine feuillette un dossier. Mélanie lisse de la paume, sur son genou, le tissu de sa robe. Elle interroge, Antoine ne crois-tu pas qu'on devrait vendre la maison et aller vivre dans un de ces immeubles dont l'entretien est confié à un syndic ? Antoine dit que très vite le jardin nous manquerait. Mélanie alignerait bientôt des pots de fleurs au rebord des fenêtres, des pots qui finiraient – un coup de vent violent – par tomber sur les passants, se fracasser sur leur tête.

Demain Stéphane et Lola iront au musée. Emmenés par la voisine qui n'a qu'un fils et s'efforce de lui trouver des camarades. Ils verront une exposition intitulée *Cataclysmes.* Des tableaux d'incendies, de batailles, d'épidémies. La tendance éducative va maintenant contre l'ancienne habitude de proposer aux enfants une vision du monde édulcorée. Ils rentreront tout excités, ravis d'avoir contemplé des choses horribles.

Calme parfait dans l'atelier. Jeanne caresse d'un doigt léger la joue d'une poupée de porcelaine. Vincent fixe l'élastique pour l'articulation des membres inférieurs.

Les puzzles qu'ils dessinent, très colorés, sont taillés dans du contreplaqué représentant des scènes riantes. Jeanne et Vincent reconnaissent que le monde est dur, qu'on ne doit pas taire aux enfants les aléas de l'humaine condition. Toutefois ils tiennent à rendre compte des joies simples et champêtres. Ils peignent sur le bois léger un pique-nique au bord de l'eau. La promenade par un jour d'automne d'une famille endimanchée.

C'est l'heure du goûter. Steph et Lola mordent dans une brioche et fourrent des biscuits dans leurs poches. Ils s'enfuient vers le fond de la cour où ils seront des pirates s'appropriant les richesses du navire qu'ils ont assailli, égorgeant les marins à la hache d'abordage, braillant sauvagement leur victoire. En classe Lola pour la conduite a toujours la meilleure note.

Stéphane a soudain déclaré, Chez nos voisins, Antoine et Mélanie, il y a un poisson rouge. On traverse la rue pour le faucher ? On le mangera. Ça doit être plein d'arêtes, dit Lola, dubitative.

On joue à la fin du monde ?

Quand le jeu est commencé, si on dit pouce c'est de la triche.

Fallait réfléchir avant.

Fallait dire non pour les cow-boys, la balançoire.

T'as dit oui pour la fin du monde. On continue.

Hors d'atteinte des rayons du soleil chez Antoine et Mélanie le poisson rouge dans son bocal. Tous les deux ne sont pas étonnés que déjà leurs enfants l'oublient. C'est de leur âge. On leur rappellera leur engagement d'honneur.

J'espère, dit Jeanne, qu'au musée les enfants seront polis, ne toucheront à rien, ne poseront pas de questions stupides. Cesse de t'inquiéter, dit Vincent. Maud les a invités plusieurs fois. Si elle les jugeait insupportables elle n'aurait pas recommencé.

Il a dit aussi, Quel beau temps. Cette année, vraiment —

Ce pourrait être une histoire d'un livre de lecture élémentaire. Qui trônerait sur l'étagère de la Bibliothèque rose.

Et puis tout change.

D'abord ce n'est que le vent. Léger. Plus fort. Léger encore. Plus fort très fort. Bientôt suffocant parce que chaud. Trop chaud. Devient brûlant. Dessèche la peau, dessèche les muqueuses des bouches qui s'ouvrent largement cherchant la fraîcheur. Sans bruit sans cris.

Et encore tout change. Il y a une déchirure. C'est la terre qui se fend. Fracas jamais entendu. Tornade énorme. Halètements. Explosion. Cyclone. L'air prend feu.

La table du salon est demeurée sur ses pieds à moulures. Le vernis de la table luit.

Le reste disparaît. A disparu.

Plus une mauvaise herbe dans les plates-bandes. Plus de plates-bandes. Plus de rosiers.

Plus de cour plus d'atelier.

Si on jouait à la fin du monde ? ont dit les trois enfants d'Antoine et Mélanie. Ou les deux enfants de Jeanne et de Vincent et même le fils unique de Maud.

Là où s'enfonçait une rue, des gouffres et des torrents. Canalisations crevées, conduites de gaz éventrées. Voitures qui jaillissent en fusées, tournoient catapultées contre les pylônes, déchiquetées, émiettées.

Partout le chaos. Trains arrachés à leurs voies. Avions s'écrasant sur les toits des palais, des églises.

Cris. Hurlements. Visages aux yeux exorbités. Dieu met en branle le Jugement dernier. Tonnerre. Pluie de matériaux éclatés, bois qui brûle, verre liquéfié, métal qui coule en nappes. Lambeaux de toile et de chair. Bras qui se tendent, se contractent se réduisent en un bouillonnement de substance devenant objet puis résidu d'objet. Mains qui s'accrochent. Squelettes de mains qui s'accrochent. Os consumés.

La Bombe.

Même si les enfants ont choisi de jouer à la fin du monde, même s'ils ne doivent pas être gardés dans l'ignorance des dangers menaçant la planète ce n'est pas vraiment une histoire pour un livre de lecture scolaire.

Assez d'ironie macabre.

Tous les humains renoncent à

On ne leur a pas demandé leur avis.

Chez Vincent et Jeanne demeure intacte la tête d'un ours en peluche. Un regard. Miracle de la persistance du détail sans signifiance.

Il n'y a plus trace de l'appentis représentant le vaisseau attaqué par les pirates, de la cour au jeu de croquet. N'y a plus de hache d'abordage. Plus de capitaine exaltant l'ardeur de son vaillant équipage.

Chez Antoine et Mélanie la table bascule. Presque plus de salon. Le bouquet de roses s'éparpille. Le bocal se renverse, roule et tombe. Poisson projeté au-dehors. Amoncellement de pétales. Frétillement rouge sur un coin de tapis.

Dix minutes d'agonie.

La nouvelle « Vous descendrez à l'arrêt Roussillon » est parue inédite dans le recueil *Bleu autour*, 2008. Avec l'aimable autorisation de l'éditeur Patrice Rötig.

Composé par Nord Compo
à Villeneuve-d'Ascq (Nord)

Imprimé en Espagne par
Black Print CPI Iberica
à Barcelone
en juillet 2013

POCKET – 12, avenue d'Italie – 75627 Paris cedex 13

Dépôt légal : août 2013
S23403/01